Jean Chrysostome Langelier

La nécessité et la possibilité d'un chemin de fer de Québec au Lac St. Jean

Antigonos

Jean Chrysostome Langelier

La nécessité et la possibilité d'un chemin de fer de Québec au Lac St. Jean

Réimpression inchangée de l'édition originale de 1873.

1ère édition 2024 | ISBN: 978-3-38819-286-4

Antigonos Verlag est une marque de Outlook Verlagsgesellschaft mbH.

Verlag (Éditeur): Outlook Verlag GmbH, Zeilweg 44, 60439 Frankfurt, Deutschland, info@outlook-verlag.de
Vertretungsberechtigt (Représentant autorisé): E. Roepke, Zeilweg 44, 60439 Frankfurt, Deutschland
Druck (Imprimerie): Libri Plureos GmbH, Friedensallee 273, 22763 Hamburg, Deutschland

LA NÉCESSITÉ ET LA POSSIBILITÉ

D'UN

CHEMIN DE FER

DE

QUEBEC AU LAC ST. JEAN

PAR

J. C. LANGELIER.

QUEBEC

IMPRIMÉ PAR L. H. HUOT, PROPRIÉTAIRE DU " CANADIEN "

2, RUE BUADE, VIS-A-VIS LE BUREAU DE POSTE

1873

OBSERVATIONS.

Lorsque j'ai préparé les articles qui ont été publiés dans *Le Canadien*, j'avais uniquement pour but d'attirer l'attention du public sur la nécessité et la possibilité d'une entreprise que je crois d'une importance sans égale au point de vue de la colonisation, et de faire disparaître la mauvaise impression que l'insuccès de la compagnie du chemin de Québec et Gosford a laissé dans l'esprit des personnes qui s'intéressent à la colonisation de la vallée du Lac St. Jean. Contrairement à mon attente, ces articles réellement trop longs pour être publiés dans un journal, ont interressé beaucoup d'amis de la colonisation, et je constate avec plaisir qu'ils sont approuvés par les personnes les plus compétentes pour en juger, les curés des paroisses environnant le Lac St. Jean, qui ont adressé dans l'intérêt de l'entreprise la lettre suivante à M. le Rédacteur du *Canadien* :

Monsieur le Rédacteur,

C'est avec la plus grande satisfaction que nous, soussignés, curés des paroisses du Lac St. Jean, avons suivi votre série d'articles sur « *La nécessité et la possibilité d'un chemin de fer de Québec au Lac St. Jean.* » Nous ne craignons pas de le dire : tous les hommes intelligents qui auront pris connaissance de l'étendue et de la richesse de la vallée qui avoisine le Lac St. Jean, et des ressources qu'elle offre dans le présent et l'avenir, se persuaderont immédiatement de la nécessité d'un chemin de fer de Québec au Lac St. Jean. Oui, M. le Rédacteur, ce chemin est nécessaire, si l'on veut accorder aux 20,000 âmes qui peuplent actuellement le Saguenay, les mêmes avantages que l'on s'efforce avec raison de procurer aux cultivateurs des autres comtés du Bas-Canada. Ce chemin est nécessaire, si l'on ne veut pas laisser à l'état de terre inculte la plus belle et la plus riche vallée qu'il y ait peut-être dans notre province. Ce chemin est nécessaire enfin, si l'on ne veut pas priver le pays d'une source de richesse incalculable. Quant à la possiblité de ce chemin, elle n'est pas mise en doute par ceux qui connaissent *réellement* le parcours du chemin déjà exploré ou tout autre qui pourra l'être.

IV.

C'est là notre plus intime conviction, et en conséquence nous offrons nos plus sincères félicitations et remercîments à l'écrivain dévoué et distingué qui s'est efforcé de démontrer avec tant d'habileté : « La nécessité et la possibilité d'un chemin de fer de Québec au Lac St. Jean. »

(Signé,)   A. Pelletier, Ptre.,
Curé d'Hébertville.

F. X. Delage, Ptre.,
Curé de N. D. du Lac St. Jean.

J. Bte. Vallée, Ptre.,
Curé de St. Jérôme du Lac St. Jean.

Elz. Auclair, Ptre.,
Curé de St. Prime du Lac St. Jean.

S. Garon, Ptre.,
Curé de St. Louis de Metabetchouan.

18 août 1873.

Cette lettre est la justification de la publication de ces articles en brochure.

D'ailleurs, je crois avoir démontré que les chemins de fer à voie étroite offrent de grands avantages à notre Province, et il est bon de les faire connaître par tous les moyens possibles.

J. C. LANGELIER.

Québec, Septembre 1873.

CHEMIN DE FER

DE QUEBEC AU LAC ST. JEAN.

Le commerce de Québec, la colonisation et le développement des ressources agricoles et forestières de la vallée du lac St. Jean, exigent la construction d'une ligne de chemin de Fer jusqu'au lac.

La colonisation et le défrichement ont fait des progrès rapides dans cette région : en dix ans, la population du comté de Chicoutimi et du Saguenay s'est augmentée de 6,401, ou de 38.60 pour cent, et l'on doit supposer, en l'absence des renseignements que nous donnera le recensement de 1871, que la production agricole s'est accrue dans la même proportion. Encore l'automne dernier, on nous écrivait que la récolte a été magnifique et pouvait alimenter une population nombreuse. Malgré cette abondante récolte, la population languit dans une gêne inconcevable. Un des plus riches cultivateurs du lac St. Jean écrivait au commencement de l'hiver à son frère :

« Notre position n'est pas supportable. Ma grange est pleine, mon grenier bondé de grain et il m'est dû une trentaine de louis. Un mois avant de partir pour Québec, mon fils aîné (il est parti hier) a essayé de collecter quelques sous. Il a eu beau faire, il n'a pu arracher que vingt-un chelins. Partez donc pour un voyage de 80 lieues avec $4.00 dans votre poche pour faire des emplettes. Il est parti, cependant, et achètera à crédit. Nous paierons quand nous pourrons.

« Quand tu me vois ainsi, tu peux juger de la position de ceux qui sont venus sans avoir le sou dans leur gousset. Ça tire les larmes des yeux. »

Telle est la gêne pécuniaire qui existe au Lac St. Jean. Les produits agricoles et le bois, si abondants qu'ils soient, n'ont aucune valeur parce qu'il est impossible de les transporter sur les marchés. Ce qu'il faut au colon, pour sortir de cet état de gêne et de stagnation des affaires, c'est une grande voie de communication régulière et peu dispendieuse avec Québec, un chemin de fer, en un mot. Le correspondant dont nous avons plus haut cité quelques lignes dit au sujet de ce chemin de fer :

« Il me semble que si je savais écrire, je montrerais les choses assez bien pour décider le gouvernement et les capitalistes à commencer une bonne fois et sérieusement notre chemin de fer. Il est pourtant bien connu que ce chemin, tout en nous tirant de la misère et en favorisant la colonisation et le développement du Haut-Saguenay, empêcherait l'émigration aux Etats-Unis, augmenterait le commerce et utiliserait pour le reste du pays les immenses richesses que nous avons ici et qui sont perdues, faute de voie de communication.»

Il est évident que pour empêcher le dépeuplement du Saguenay et en stimuler la colonisation, il faut une voie ferrée qui relie le lac St. Jean à Québec. Nous essaierons de montrer dans cette esquisse sur quel trafic cette ligne pourrait compter et comment elle pourrait être établie.

LA VALLÉE DU LAC ST. JEAN.

Les comtés de Chicoutimi et Saguenay ont une étendue de 59,745,821 acres en superficie. Le sol de presque tout cet immense territoire est des plus fertiles. "On ne pourrait, dit M. Sullivan dans son rapport d'exploration, trouver un sol plus riche en Canada, ni même en Amérique. Le climat, sans être très doux, est on ne peut plus favorable à la culture des céréales." Le neuf octobre dernier nous a-t-il dit, la gelée n'avait pas encore affecté les citrouilles, ni même les feuilles des pommes de terre.

Les explorations dernièrement faites par les membres de la Commission Géologique confirment en tous points ce récit et établissent, ce qui est d'ailleurs connu, que le climat de la vallée du lac St. Jean est beaucoup plus doux et plus régulier que celui des environs de Québec et des paroisses qui bordent la rive nord du St. Laurent. Les montagnes qui entourent cette vallée la protégent contre tous les vents froids, sans compter que son abaissement en élève de beaucoup la température.

Au reste, le recensement de 1861, si incomplet qu'il soit, nous donne une preuve irrécusable de l'adaptabilité de de cette région à l'agriculture, de sa richesse et de ses immenses ressources agricoles ; il donne les chiffres suivants pour le comté de Chicoutimi ;

Blé	10,912	minots.
Orge	39,922	"
Seigle	42,471	"
Pois	23,707	"
Avoine	39,316	
Sarrazin	451	
Maïs	32	
Pommes de terre	101,382	
Navets	991	
Carottes	254	
Betteraves	260	

Total des grains et légumes	259,698	minots.

Foin	3,648	tonnes.
Bœufs	2,627	têtes.
Vaches	2,605	"
Veaux	2,481	"
Chevaux	1,414	
Poulains	251	
Moutons	6,063	
Cochons	3,305	

Total du bétail	18,746	têtes.

Beurre	61,771	livres.
Bœuf	111,400	"
Lard	276,000	"
Laine	15,391	"
Lin	5,073	"

Le recensement de 1861, où nous prenons ces chiffres, fixe à 16,579 âmes la population du comté qui possédait ces produits ; par le recensement de 1871, il est constaté que cette population est maintenant de 22,980 personnes, ce qui accuse une augmentation de 6,401 persounes, ou de 38.60 pour cent Si l'agriculture a progressé dans la même proportion, ce qui est indubitable, la production du grain et des légumes s'élèverait aujourd'hui à 360,981 minots, celle du foin à 5,071 tonnes, le nombre du bétail à 26,048 et la quantité de viande, beurre, laine et lin à 652,792 livres.

Outre la vallée du lac St. Jean, cette ligne desservirait plusieurs localités capables de lui fournir un trafic considérable en produits agricoles, notamment les paroisses de St. Ambroise, de l'Ancienne Lorette, de Ste. Catherine et de Valcartier. Ces quatre paroisses ont une population de 7,628 personnes et une étendue de 147,163 acres en superficie. La production de ces quatre paroisses en 1861 était comme suit :

Blé	4,299	minots
Orge	1,373	"
Seigle	227	"
Pois	1,931	"
Avoine	209,340	"
Sarrazin	2,015	
Maïs	281	
Pommes de terre	288,322	
Navets	12,836	
Carottes	200	
Betteraves	128	
Fèves	110	
Total des grains et légumes	521,062	minots
Foin	11,344	tonnes
Bœufs	2,851	têtes
Vaches	3,592	"
Veaux	2,310	"
Chevaux	1,532	
Poulains	240	"
Moutons	3,145	"
Cochons	2,950	
Total du bétail	27,964	têtes
Beurre	160,145	livres
Bœuf	77,000	"
Lard	254,800	
Laine	9,947	
Lin	5,185	
Sucre d'érable	13,905	
Total	520,982	livres

Cette énumération indique un trafic qui a bien son importance. Il faut cependant ajouter, pour s'en former une idée juste, une foule d'autres produits, tels que les volailles, les œufs et le poisson, qui n'apparaissent malheureusement pas dans le recensement. Il ne faut pas oublier non plus le commerce du bois que ne manquerait pas de développer la construction de cette ligne. On sait que les environs du Lac St. Jean, et surtout les rivières qui s'y déchargent, sont couverts de magnifiques forêts qui pourraient alimenter un commerce qui prendrait bientôt des proportions grandioses. Les forêts que traverserait la ligne sont aussi capables d'exploitation, surtout pour le commerce du bois de chauffage.

Toutes ces ressources, qui sont aujourd'hui presque sans valeur, deviendraient précieuses, si on en facilitait l'exploitation par l'ouverture d'un chemin de fer allant de Québec au Lac St. Jean.

TRACÉ D'UN CHEMIN DE FER DE QUÉBEC AU LAC ST. JEAN.

A la demande de la compagnie du chemin à lisses de Québec et Gosford, le gouvernement local a fait explorer les vallées des rivières qui traversent les Laurentides, afin de constater s'il est possible d'y localiser un chemin de fer. La première exploration a été confiée à M. Eugène Casgrain, qui a fait un rapport favorable à l'exécution de cette entreprise, et comme on paraissait révoquer en doute l'exactitude des faits qu'il a mis au jour, ainsi que pour s'assurer de la quanlité de bois qui recouvre les terres traversées par ce tracé, le gouvernement a confié à M. John Sullivan le soin de faire une seconde exploration.

Ce Monsieur a commencé ses opérations dans le canton de Roquemont et suivi en grande partie le tracé fait par M. Casgrain. La ligne qu'il a tracée longe ou traverse des rivières et des lacs jusqu'au sommet des Laurentides, d'où elle suit la vallée de la rivière Métabetchouan jusqu'au lac St. Jean. La longueur de ce tracé, entre Québec et le lac St. Jean, est de 155½ milles, dont 25½ représentent la longueur actuellement en exploitation du chemin à lisses de Québec et Gosford.

___

Profil de ce tracé.

On conçoit facilement que le profil du tracé de cette ligne, qui traverse la chaîne des Laurentides, est très inégal et présente de fortes inclinaisons, en même temps que le tracé lui-même décrit des courbes d'un rayon plus ou moins réduit. Le tableau suivant, extrait du rapport de M. Sullivan, indique les inclinaisons qui excèdent soixante pieds au mille :

___

Tableau des inclinaisons.

Ascension par mille.	Longueur.	Descente par mille.	Long.
148 pieds	4,100 pds.	Pieds.	Pieds
85 "	1,800 "		
182 "	7,100 "		
119 "	5,800 "		
147 "	5,200 "		
109 "	5,450 "		
122 "	3,100 "		
152 "	1,300 "		
100 "	2,700 "		
124 "	2,300 "		
		92	4,100
		170	5,900
200	7,700		
95	5,800		
		200	4,500
75 "	4,800	Pieds.	Pieds
		136	3,000
		175	5,400
		170	2,400
		80	2,800
		90	4,400
		135	2,000
85	8,000		
		95	3,000
		175	2,700
100	5,000		
		100	4,000
100	3,000		
		150	2,050
150	3,000		
		115	5,000
2,103	76,100	1,883	51,250

Sur un parcours de 24½ milles les inclinaisons dans les deux sens, 14½ milles d'ascension et 17 milles de descente, donnent donc une moyenne de 128⅛ pieds au mille, en sorte qu'il reste sur le tracé fait par M. Sullivan un parcours uni ou dont les inclinaisons n'excèdent pas soixante pieds au mille, de quatre-vingt-quinze milles. Il serait possible, comme M. Sullivan le déclare lui-même, de réduire plusieurs des grandes inclinaisons en faisant décrire des courbes au tracé. Cette déviation de la ligne droite serait assurément très désirable, surtout si elle permettait d'exempter des inclinaisons de 200 pieds au mille ou de 3.9 dans 100, sur un parcours de deux milles et demi. D'ailleurs, la réduction de ces inclinaisons ne serait qu'une affaire de dépenses et non une impossibilité matérielle.

___

Ponts et Passages en charpente.

Il appert par le rapport de M. Sullivan qu'il faudra construire entre Roquemont et le lac St. Jean soixante-neuf ponts dont les dimensions suivent :

40 ponts de	100	pieds d'arche	—	400	pds.
2	"	80	"	"	— 160 "
2	"	60	"	"	— 120 "
15	"	20	"	"	— 300 "
10	"	10	"	"	— 100 "
69					4,880 pds.

Les passages en charpente, pour traverser des savanes ou exempter des excavations dans le roc, devront avoir une longueur de quinze milles, d'après les calculs de M. Sullivan. Nous croyons que ce chiffre pourrait être considérablement réduit au moyen de quelques courbes.

—

Largeur de la voie.

Ce qui précède montre évidemment que la construction du chemin de fer projeté de Québec et du lac St. Jean doit se faire d'après le nouveau système à voie étroite, qui est de beaucoup moins dispendieux et permet de franchir des endroits beaucoup plus difficiles. M. Sullivan estime, avec raison peut-être, à $30,000 du mille la construction d'un chemin de quatre pieds huit pouces et demi de largeur, ce qui porterait à $4,200,000 les frais d'établissement de la ligne entre Roquemont et le lac St. Jean. A 5 pour cent, ce capital représente un intérêt annuel de $210,000.

Or il est certain que l'exploitation de ce chemin ne produira pas de sitôt des recettes qui permettent de payer cet intérêt, déduction faite des frais d'exploitation et de réparations. C'est pourquoi nous croyons que ce chemin devrait avoir une largeur de trente pouces seulement, au lieu de cinquante-six et demi.

LES CHEMINS DE FER A VOIE ÉTROITE.

Plus on réduit la largeur d'un chemin de fer, plus on en réduit aussi les frais de construction et d'exploitation. C'est ce qui explique l'existence des chemins de fer à voie étroite dans presque tous les pays qui possèdent des voies ferrées. Il y a audelà de trente ans qu'on a commencé à construire de semblables chemins de fer en Europe. Comme ce nouveau système prête à certaines objections de la part des routiniers et de ceux qui ne le connaissent point, nous allons donner une brève esquisse des chemins de fer à voie étroite qui réussissent partout si bien, en Europe et en Amérique.

—

Chemin de Festinog.

Le plus connu de tous ces chemins est assurément celui de Festionog. Voici ce qu'en dit M. Coumes, dans son excellent ouvrage sur les chemins de fer :

"Un des plus remarquables, à cause de la petitesse de sa voie (23½ pouces) est le chemin dit de Festionog, qui réunit Dinas à Portmadoc, pays de Galles. Construit il a plus de trente ans pour transporter aux petits ports voisins les produits des ardoisières des environs de Dinas et pour apporter la houille aux carrières, il avait été établi avec une grande économie. La longueur est de 13½ milles. L'inclinaison des rampes atteint 1 dans 79.82 et le rayon des courbes descend jusqu'à 116 pieds. La surélévation du rail extérieur, calculée pour une vitesse de douze mille à l'heure, est de trois pouces.

"Jusqu'à 1865, la traction à la monté était faite par des chevaux qui, à la descente, prenaient place dans des waggons spéciaux. Le trafic croissant, on songea à remplacer les chevaux par des locomotives et M. England réussit à construire des machines qui circulent sans encombre sur cette voie étroite à la vitesse de douze milles à l'heure. En présence de ce succès, on voulut aller plus loin et organiser un service auquel on n'avait guère songé d'abord, un service de voyageurs. On les admit d'abord sans rétribution, à titre d'essai, et aujourd'hui le service des voyageurs fonctionne régulièrement : pendant l'année 1869, il en a été transporté 97,000. En 1869, la locomotive de M. England a été remplacée par celle de M. Fairlie, qui pèse vingt tonnes, ou deux fois plus. »

L'*Engineer*, journal scientifique publié à Londres, a consacré au chemin de Festiniog un article dans lequel il dit :

« Il y a plus de quatre ans le capitaine Tyler, des Ingénieurs royaux, lut devant l'Institut des Ingénieurs Civils, un rapport très complet et intéressant du chemin de fer à voie de 2 pieds de largeur, construit et fonctionnant entre Portmadoc, Festiniog et Dinas, dans le Merionethshire. Quelque précis et détaillé que soit son rapport, nul ne peut sans l'avoir vu se faire une idée exacte de cette ligne, ni des traits singuliers qui la distinguent. On peut croire qu'il est facile de se figurer un chemin de fer de 2 pieds de largeur, et même de le *voir* en plaçant deux barres de fer ou de bois à cette distance. Vous pouvez les comparer même à une échelle avec ses barreaux, étendue par terre, et l'échelle paraît encore considérable à côté de la réalité qui diminue à l'œil en s'éloignant et ne semble bientôt qu'une seule barre dans le lointain, destinée à recevoir des velocipèdes. Mais ce qui surprend le plus dans ce chemin de fer, ce n'est point encore tant son peu de largeur, ce sont les courbes, si courtes qu'elles semblent tourner un coin de rue à angle droit. Et pourtant sur cette voie si étroite et si différente des autres, on voit circuler des trains de passagers allant de 12 à 30 milles à l'heure, et l'ingénieur vous dira que si on le lui permettait, il n'hésiterait point à les faire courir à raison de 40 milles. Et pourtant, il est un fait important à citer, c'est que cette ligne fonctionne depuis 6 ans avec des locomotives sans qu'il soit arrivé le moindre accident provenant du déraillement des machines ou des voitures.

« Le succès est donc un fait accompli.

« La chose paraît, de fait, excessivement ridicule ; mais enfin le chemin fonctionne et, chose encore plus extraordinaire que tout le reste, il paie. La petite ligne de Festiniog reçoit environ $2,400 par semaine, montant qui dépasse la proportion des recettes des chemins du Staffordshire et de Cornouailles et de toutes les lignes irlandaises. La ligne a coûté, y inclus la construction d'un brise-vagues de plus d'un mille de long, d'un tunnel d'un demi-mille et des coupes considérables dans un roc très dur, des murs de remblais, des viaducs en pierre sèche, des stations, des ateliers, 7 locomotives, plus de mille chars, environ $180,000. Sur ce montant la ligne payait des dividendes de 30 pour cent. Mais des améliorations récentes et d'une nature permanente, au montant de $250,000, payés à même les revenus, font que les actionnaires actuels ne reçoivent que *douze et demie* pour cent !

« Ce qui rend ce résultat le plus remarquable, c'est que Festiniog est élevé de plus de 700 pieds au-dessus de Portmadoc, c'est-à-dire une ascension moyenne de 1 pied en 92, et en quelques endroits de 1 pied en 80. La ligne serpente autour de la montagne, appuyée sur des murs presqu'à pic. La largeur des excavations dans le roc n'est que d'environ 8 pieds, et ne suffirait pas pour le passage d'un cab. Les tunnels dont un a 180 pieds de longueur et l'autre 2190, sont de dimension juste suffisante pour le passage des trains. Les murs qui soutiennent la voie ont 8 pieds de largeur, sur une hauteur de 50 pieds et davantage. D'une petite distance le chemin a l'apparence d'un simple sentier praticable tout au plus pour des chèvres.

« Nous ne voulons pas répéter les noms des ingénieurs qui ont déclaré devant le parlement qu'il était impossible d'employer la vapeur utilement ou avec sûreté sur une pareille voie. Et pourtant des locomotives, avec une pression de 160 à 200 livres de vapeur, font beaucoup plus d'ouvrage que le contrat n'exigeait. Les plus grandes roues de traction n'ont que 28 pouces de diamètre, tandis que la plupart ne dépassent pas 2 pieds. Les cylindres ont 8 pouces de diamètre, avec une course de 12 pouces, et font mouvoir le long de cette monté de 700 pieds, de 40 à 70 chars à ardoises pesant 13 quintaux chaque avec les chars de marchandises ordinaires et à passagers avec une vitesse de 12 milles à l'heure.»

Le succès étonnant du chemin à voie étroite de Festiniog a été constaté en 1870 par une commission d'ingénieurs venus de la Russie, de l'Autriche, de la Prusse, de la France, de la Bavière et de presque tous les Etats Européens, et après des expériences de toutes sortes répétées à plusieurs reprises, ils en sont venus à la conclusion que les chemins de fer à voie étroité sont infiniment plus avantageux et moins dispendieux dans leur construction et leur exploitation :

« Après ces expériences, dit le *Times*, de Londres, des hommes qui avaient une réputation à perdre ont déclaré que même sur une ligne de trente pouces, avec la locomotive du système Fairlie, ils entreprendraient de servir le plus fort trafic qui se fasse sur un chemin de fer, celui du *London & North-Westhern* qui, en 1868, a transporté 27,695,046 voyageurs et 16,089,319 tonnes de fret, transport qui a rapporté à la compagnie £6,783,340 sterling » ou $32,967,032.40.

Les articles du *Times*, beaucoup trop longs pour être cités en entier dans cette esquisse, entrent dans des détails minutieux sur les expériencesfaites en présence de la commission dont nous venons de parler. Nous nous contenterons d'en citer encore un extrait, pour montrer combien le nouveau système s'adopterait bien à la ligne de Québec et du Lac St. Jean :

" Une locomotive, dit ce journal, la *Little Wonder*, traîna un convoi de 72 waggons, chargés d'ardoises et pesant 139 tonneaux, 40 chars vides pesant 44 tonneaux, 56 passagers pesant 4 tonneaux la locomotive elle-même et son tender pesant 19 tonneaux, le tout formant un poids de 500 tonneaux. Le train parcourut toute la ligne en remontant les 700 pieds de pente avec la plus grande facilité à raison de 15 milles à l'heure.

Le *Mechanic's Magazine*, de Londres, traitant le même sujet, s'écrie :

"Sons ces circonstances, nous ne voyons pas de raisons pour que chaque village n'ait pas son chemin de fer, qui en maints endroits coûtera moins que les routes ordinaires, afin d'être en communication directe avec un chemin de fer principal dont il deviendra un des appuis au lieu d'être comme la plupart des embranchements autant de sangsues. Plusieurs des derniers coûtent plus par mille que la ligne principale, tandis que les revenus ne se montent pas à plus de cinq pour cent du total. Au nom du plus simple bon sens, comment pareils chemins peuvent-ils payer ? "

L'*Engeneering* donne sur le trafic de ce petit chemin durant l'année expirée le 30 juin 1868 les détails suivants :

" La course des trains a été de 46,732 milles, donnant une moyenne de six trains par jour en chaque direction. Le poids des ardoises transportées à Portmadoc a été de 112,052 tonnes, équivalant à près de 60 tonnes pour chaque train, en même temps que 14,693 tonnes de marchandises ont été transportées durant les trajets en retour, en outre des voyageurs dans les deux directions, dont la recette a été de £3,381. Les recettes totales se sont élevées à £22,852.13 s. 5d. ou 9 s. 9¾ d. par mille pour chaque train dans chaque direction. Les frais d'exploitation se sont élevées à £9,700 dont £2,384 de taxes, ou disons, 42 pour cent des dépenses. On voit donc que les profits nets de ce petit chemin de fer se sont élevés à audelà de 12¼ pour cent."

Il existe en France plusieurs chemins de fer à voie étroite construits pour servir des exploitations manufacturières ou minières. Voici ce qu'en dit M. Level, dans son livre *Des chemins de fer d'Intérét local* :

Chemin de Commentry à Montluçon.

« Cette ligne est connue d'un grand nombre de personnes. La majeure partie du charbon de Commentry remonte jusqu'au cœur de la France par le canal du Berri, dont l'origine est à Montluçon, sur le Cher. Mais Commentry se trouve à une quinzaine de kilomètres de Montluçon, et l'administration de la mine a dû construire un chemin de fer pour relier les houillières avec leur voie naturelle d'écoulement, le canal du Berri. On compte 175 mètres de différence de niveau entre le point de départ du chemin de fer à Commentry et son arrivée à Montluçon.

« On avait la liberté absolue de fixer la largeur de la voie qu'il convenait d'adopter. On s'arrêta à une voie d'un mètre (environ 39½ pouces) de largeur, et on étudia, en conséquence, un matériel léger.

" En dehors des plans inclinés, la longueur de la ligne est de 17 kilomètres. Le tracé présente des courbes de très faible rayon (90 mètres quelquefois) et des inclinaisons de quatre à cinq millimètres par mètre.

« Des rails à simple champignon, pesant 18 kilogrammes (environ 40 livres) le mètre courant, reposent, par l'intermédiaire de coussinets en fonte, sur des traverses espacées de 80 à 90 centimètres (environ trois pieds).

« Les locomotives à trois essieux, du poids de 15 tonnes vides et de 19.5 tonnes en activité, sont établies avec une extrême simplicité. Le poids est reparti de manière que chaque essieu supporte à peu près également le tiers de la charge totale : soit environ 6.5 tonnes, poids qui ne fatigue ni le bandage des roues ni les rails eux-mêmes.

« Nous avons habité plusieurs années, le département de l'Allier sans avoir jamais entendu parler d'un seul accident survenu dans l'exploitation de ce petit chemin de fer.

« Oui ! uniquement par les efforts de l'industrie privée, le chemin de fer des mines de Commentry à Montluçon est un exemple frappant des avantages de toute nature présentés par le système de la voie étroite. »

___

Chemin d'Anvers à Gand.

« Ce chemin, qui a été créé en 1842, a la voie de 1 m. 15 (environ 43 pouces.)

Tel qu'il est, il a parfaitement suffi aux exigences d'un trafic qui a plus que triplé depuis son établissement, et il distribue à ses actionnaires des bénéfices qui ont atteint et dépassé 9 pour 100.

« Le mouvement des voyageurs à une importance considérable ; il a dépassé un demi million en 1867. Le transport des marchandises pour la même année a été de 50,000 tonnes environ.

« Les rampes ne dépassent pas 3 millimètres ½, sauf sur l'extrémité de la ligne qui aboutit à la Tête de Flandre et qui, pour dépasser la crête de la digue de l'Escaut, a dû se soulever sur 500 mètres environ à 6 millimètres par mètre.

« Les locomotives, du système Ridder, pèsent 13 tonnes vides et 15 à 17 tonnes avec leur approvisionnement. Les roues motrices ont 1 m. 50 (58½ pouces), les roues porteuses 1 m. 10, comme celles des wagons et voitures.

« Il y a 9 locomotives, dont 3 en service journalier. Le matériel roulant comporte 43 voitures et 88 wagons.

« Ce matériel a suffi au transport, en 1867, de 595,590 voyageurs et de 49,835 tonnes de marchandises, non compris le bagage ni le bétail, qui s'est élevé à 8,303 têtes.

« Les recettes en 1868 ont été de 859,559 fr. 71c. Les recettes extraordinaires montent à 15,362, soit en tout 875,222 fr. 33c. Si on ajoute les dépenses du camionnage et celles du passage de l'Escaut, on arrive au chiffre total de 505,468 francs, soit par kilomètre 10,109 fr. 36 c. Excédant des recettes sur les dépenses : 369,754 fr., soit 7,395 fr. 8 c. par kilomètre, destinés à ruménérer un capital de 4,700,000 frs., soit 94,900 francs par kilomètre. »

___

Chemin de Mondalazac à Salles-la-Source.

« C'est un petit chemin de fer industriel, situé dans l'Aveyron, qui relie les mines de Mondalazac à la station de Salles-la-Source de la ligne de Rodez.

Les terrassements de la ligne Mondalazac, dont le cube était de 24,323 mètres, ont coûté 91,731 fr., soit 13,100 par kilomètre. La voie, ayant 1 m. 10 (environ

13 pouces) seulement de largeur entre les rails, le cube du ballast a été fort restreint, 0 m. 945, au lieu de deux mètres cubes par mètre courant : soit la moitié de la quantité nécessaire à l'établissement d'une ligne à large voie.

« La voie proprement dite de ce petit chemin se compose de rails Vignole éclissés, dont le poids est de seize kilogrammes et demi par mètre, fixés sur des traverses en chêne espacées de soixante-quinze centimètres et mesurant seulement 1 m. 60 de longueur.

« Sur ce chemin de fer de Mondalazac, le matériel roulant circule aisément dans les petites courbes. On a rapproché les essieux des voitures, et sur chacun d'eux l'une des roues est folle, c'est-à-dire peut tourner librement autour de l'axe.

Chaque wagon de la ligne de Mondalazac coûte 1,300 fr. La caisse a une longueur de 2 m. 74 (environ 9 pieds), une largeur de 1 m. 50 (environ 5 pieds) et une profondeur de 45 centimètres. Avec de telles dimensions, le poids de chaque véhicule est de 1,550 kilogrammes, et la construction est faite avec assez de soin pour permettre de les charger, sans inconvénients, d'un poids de 4,000 kilogrammes environ.

« Pour l'année entière, les dépenses d'exploitation s'élèvent à 10,670 fr. Si l'on appliquait aux 36,000 tonnes, transportées pendant le même laps de temps, le tarif de 10 centimes, par tonne et kilomètre, on aurait une recette de 25,100 fr. et si l'on ajoute aux 10,670 fr. de frais d'exploitation la somme de 4,190 fr. nécessaire pour le renouvellement de la voie et du matériel roulant, on trouve une dépense totale annuelle de 14,810 fr. Il resterait, par conséquent, un produit net de 10,330 fr., soit 1,476 fr. par kilomètre. Or, la dépense totale d'établissement, y compris les achats du matériel porteur et des locomotives, s'est élevée à 50,400 fr. par kilomètre ; ce produit représenterait donc un intérêt de 3 p. 0/0 des capitaux engagés. »

Chemin de Tavaux Pontséricourt.

« Les chemins de fer de la sucrerie de Tavaux-Pouséricourt (Aisne, France) se composent de deux petites lignes : l'une de 4,200 mètres de longueur, l'autre de 8,500 (environ 8¼ milles.)

« Le profil du chemin de Tavaux à Goverd est remarquablement accidenté. Il présente une succession de pentes et de rampes qui varient communément de 15 à 25 millimètres. Mais la rampe qui gravit le sommet présente 75 millimètres, sur 300 mètres, 58 millimètres sur 300 mètres et 31 millimètres sur 400 mètres de longueur. Dans la traversée du village de Burelles, on descend dans la vallée de la Brune au moyen d'une rampe qui varie de 52 millimètres à 60 millimètres sur un kilomètre de longueur. En plan, les courbes descendent jusqu'à 30 mètres ; la rampe de 60 millimètres dans Burelles en présente une de 50 mètres.

« La plate-forme du chemin à 2m 10 de largeur, l'écartement entre les champignons supérieurs des rails est de 1m 00 (39½ pouces).

« Les rails sont d'un système américain Vignole : ils pèsent 13 kilogrammes (environ 26¼ lbs) le mètre (verge) courant. L'épaisseur de la couche de ballast n'est que de 0 m. 20.

« Le cylindre et le mouvement des locomotives sont à l'extérieur ; elles ont quatre roues couplées de 0m. 76 de diamètre au cercle de roulement. Ces machines n'ont pas de tenders ; elles portent leur eau et leur charbon. Enfin la machine pèse pleine environ 7,500 kilogrammes (15,000 livres) et vides 5700 kilogrammes.

« Par les plus mauvais temps, une machine a toujours remonté un wagon de 7.5 tonnes sur la rampe de Burelles avec une vitesse d'environ 15 kilomètres (environ 10 milles) à l'heure. Sauf quelques très rares exceptions, elle a régulièrement monté sur la rampe de 75 millimètres un wagon chargé et un vide, soit 9 tonnes et 700 kilogrammes.

« L'effort de la traction a atteint, comme on le voit, 1380 kilogrammes, et la pression monte pendant l'ascension.

« C'est donc un exemple qui nous paraît digne d'attention, et qui montre qu'on peut baser une exploitation industrielle sur des rampes de 60 à 75 millimètres, avec toute certitude que le service sera régulièrement effectué. "

———

Chemins de Fer Norvégiens.

" Tracés par Stephenson dans l'intérieur d'un pays montagneux, les chemins norvégiens à voie étroite ont été livrés à l'exploitation en 1854. Le développement de la ligne principale est de 90 kilomètres (58½ milles), la largeur de la voie est de 1m 67 (environ 42 pouces). Les rails, de la forme Vignole, pèsent 20 killogrammes par mètre courant.

" Les différents véhicules ont des roues de 0m 762 (28 pouces) de diamètre. Les caisses des voitures mesurent 2m 10 (6½ pieds) de largeur sur 6m 10 (20 pieds) de longueur et peuvent contenir 32 voyageurs. Les locomotives sont à trois essieux, dont deux sont accouplées. Les roues motrices ont un diamètre de 1m 114 (42 pouces). Ces machines pèsent 18 tonnes.

" On a pu faire marcher les locomotives à une vitesse de 64 killomètres (41½ milles.)

" Les prix de revient par kilomètre, si on les rapproche du coût ordinaire des chemins de fer en pays de montagne, sont véritablement d'un bon marché exceptionnel ; et le résultat économique auquel on est parvenu tient principalement à l'emploi du système de la voie étroite, dont l'application raisonnée diminue dans une proportion considérable presque tous les chefs de dépenses de premier établissement."

L'*Engineer*, de Londres, dit des chemins de fer à voie étroite norvégiens, construits après ceux dont il est parlé plus haut :

" M. Pihl a construit en Norwège deux chemins semblables, pour le transport des bois de construction, qui réussissent sous tous les rapports.

" L'on avait prédit que la neige causerait de nombreux accidents et de fréquentes interruptions ; mais il n'en a pas été ainsi, et le déblai lorsqu'il est nécessaire coûte beaucoup moins que sur les autres routes. L'un des chemins, celui de Hamar à Elevarum, de 24½ milles à

3 pieds de largeur, et a coûté $12,000 du milles, y compris un pont de fer de 900 pieds de longueur, 3 locomotives, 6 wagons passagers, 50 pour fret et un grand nombre de plateformes à gravier, des ateliers à réparation, 8 stations et un dépôt terminus à chaque bout de la ligne. Le chemin traverse des marais profonds et des ravins qui ont exigé des travaux considérables."

" Il existe à Crewe un chemin plus étroit encore, construit par M. Ramsbottom, et qui remplit parfaitement le but pour lequel il a été construit."

———

Chemins à voie étroite aux Indes et en Russie.

Le *Times* de Londres disait le 18 février 1870 :

« La nécessité d'une grande révolution dans la construction des chemins de fer est telle, qu'il y a quelques mois le gouverneur des Indes, mécontent de la lenteur apportée à la construction des chemins de fer sous sa juridiction et de leur coût excessif, a fait venir des Etats-Unis des ingénieurs en état de discuter avec lui et de suggérer des moyens de construction plus prompts et plus économiques comme si pareilles choses dépassaient les moyens intellectuels des ingénieurs anglais, et nous nous proposons de donner quelques détails sur des études de la plus haute importance dans cette direction, et dont les conclusions s'accordent en tous points, disons-le en passant, avec celles que Lord Mayo désirait obtenir si ardemment et auxquelles est arrivé le duc d'Argyle parmi nous. Il est juste de faire observer de suite à nos lecteurs que le 19 et le 20 octobre dernier, nous avons donné une description assez complète de ce que l'on appelle le système Fairlie, au moyen duquel des lignes construites avec beaucoup moins de matériaux, sur un calibre très étroit, non seulement remplissent parfaitement le but qu'on ne croyait pouvoir atteindre qu'au moyen de chemins plus imposants et plus couteux, mais encore diminuent considérablement les frais d'exploitation, tout en doublant le travail et les résultats obtenus. Il est juste d'observer aussi, avant d'entrer dans plus de détails, que M. Power, le vice président du chemin de fer Tiflis, dans la Caucase, (chemin de 330 verstes, 72 lieues), et Mr. Crowley, le contracteur, ont été tellement frappés des avantages du système Fairlie, qu'ils ont recommandé au gouvernement russe de l'adopter non-seulement pour la ligne du Caucase déjà nivelée, et où une partie des lisses avaient été déjà posées d'après l'ancienne méthode, mais encore pour toutes les lignes projetées qui doivent couvrir ce vaste empire.

"Le ministre des travaux publics russe, a saisi de suite l'importance de la suggestion, et a décidé de relever les lisses posées et d'adopter le calibre uniforme de 30 pouces de largeur, c'est-à-dire, exactement la moitié des lignes russes actuelles.

"Une commission composée de praticiens et de savants, envoyée en Angleterre par le gouvernement du Czar, a confirmé complètement les suggestions de Messieurs Power et Crowley."

Chemin à voie étroite en Westphalie.

"Il y a dans la Wesphalie, dit M. Commes, dans le cercle de Siégen, une petite ligne établie en partie sur une route, intéressante à ce titre, et aussi par la petitesse de la largeur de la voie, qui n'est que de vingt-huit pouces: c'est celle de Bröelthal. La plus forte inclinaison des rampes est de 1 dans 90. La traction est faite par des locomotives pesant douze tonnes. Le capital est rémunéré avec un tarif égal au tiers seulement du transport sur la route."

Chemin à voie étroite aux Etats-Unis.

Les américains, qui savent apprécier tout ce qui est pratique et économique, n'ont pas manquer de mettre à profit les nombreux avantages qu'offre la voie étroite, ils ont déjà construit plusieurs chemins de fer d'après ce système, notamment celui du *Colorado Central*, au sujet du quel nous trouvons ce qui suit dans le *Herald*, d'Omaha :

« La section ouest du chemin de fer de Colorado Central (à voie étroite) est terminée depuis Golden, distance de 16 milles, jusqu'à un point à trois milles de Black Creek. Cette section est maintenant ouverte au trafic. Sous certains rapports, ce chemin de fer est le plus remarquable qui ait jamais été employé au transport des voyageurs. La ligne suit le défilé de Black Creek, qui est extrêmement étroit, se rétrécissant par fois jusqu'à une largeur de 40 pieds. Les côtes sont formées de précipices de 80 à 1,000 pieds de hauteur. Le chemin de fer suit le défilé, longeant le bord du courant, sur les rochers et au-dessus de la portée de la hauteur de l'eau. La descente de la rivière sur une distance de 16 milles est de 100 pieds au mille, mais elle est extrêmement irrégulière, décrivant en beaucoup d'endroits des courbes à longs rayons et en d'autres plongeant dans des chûtes de 15 à 40 pieds de hauteur. La plus forte inclinaison est de 175 pieds au mille et la courbe la plus réduite a 190 pieds de rayon. Tous les chars sont munis d'une roue folle à chaque essieu, ce qui empêche la friction dans les courbes et permet aux locomotives de traîner facilement des convois qu'il leur aurait été impossible de remorquer, si les chars étaient munis de roues de construction ordinaire. La vitesse moyenne sur ce chemin est de 8 milles à l'heure. L'exploitation de cette ligne dans des circonstances particulières étant jusqu'à un certain point une expérience, la vitesse a été réduite à une limite qui assure une parfaite sureté. Durant la construction de ce chemin, on a exprimé beaucoup de doute sur la praticabilité de son exploitation ; mais le fort montant de trafic fait sur ce chemin et l'absence tout accident qui caractérise son exploitation rend certain le fait que, avec le soin voulu, des chemins de cette, sortes et souvent avec des rampes de 200 pieds au mille, peuvent être avantageusement exploités.»

Durant l'année expirée le 31 décembre 1871, la circulation des trains sur cette ligne a été de 35,500 milles. Il a été transporté 17,404 voyageurs, et 12,811 tonnes de fret. Les recettes brutes se sont élevées à $56,537.28 et les dépenses à $51,317.88, donnant une balance de revenu net de $5,219.40.

Ce chemin a trois pieds de largeur et des lisses de 45 livres à la verge.

Le *Toledo Commercial* et le *Van Nostrand's Engineering Magazine* nous donnent les renseignements qui suivent sur d'autres chemins de fer à voie étroite, construits ou en projet de construction, aux Etats-Unis :

« La compagnie du chemin de fer de Piqua, St. Mary et Célina vient d'être incorporée avec un capital de $400,000 pour construire un chemin de fer de Piqua à Célina, Ohio, distance d'environ 44 milles.

« Le pays le long de cette ligne est très populeux et productif et la question d'un débouché par chemin de fer a été discutée depuis longtemps.

« Mais le canal de Miami à Erié le traverse déjà, et, bien qu'il ne suffise pas aux besoins de la localité, rien ne semblerait justifier la construction d'une ligne coûteuse. L'hiver dernier, quelqu'un proposa une voie étroite qui doit coûter toute équipée *moins d'un demi million de* piastres, tandis qu'un chemin de fer ordinaire coûterait *un million et demi*. Le projet se discuta longuement et le système de voie étroite fut enfin adopté. Il existe déjà un chemin de ce genre pour transporter le charbon de Akron à Masillon dans l'Ohio. Les compagnies du Denver Pacific and Kansas Railroad se proposent aussi de se mettre en communication avec les régions carbonifères et de traverser toute cette partie du pays et les Grandes Montagnes au moyen de chemin de fer à voie étroite *qui ne coûteront qu'un septième* du montant requis pour les chemins d'après le système actuel. Tous les renseignements obtenus démontrent complètement la certitude du succès du nouveau plan qui, vu l'extrême économie du coût de fonctionnement, cesse d'être une entreprise hasardeuse.

« Le droit de passage pour le chemin étroit est réduit de 40 pieds à 15. Le poids des lisses est de 20 livres (par verges) au lieu de 56 livres. Les locomotives pèsent 6 tonneaux au lieu de 30. Les trains consisteront en 10 ou 20 chars de fret, pouvant porter 2½ tonnes chaque. Les chars à passagers en contiennent 20 chaque, et sont, ainsi que les wagons à marchandises, posés sur quatre roues. La construction de ce chemin va commencer au mois de janvier, et se poursuivra rapidement car elle est entre les mains de citoyens énergiques et intelligents. »

Un autre journal dit aussi :

« Nous disions plus haut que d'autres localités se préparent à construire des chemins de fer d'après la nouvelle méthode. Ainsi plusieurs compagnie de Californie l'adoptent, après avoir envoyé des ingénieurs en Europe pour en étudier le fonctionnement. Nous voyons qu'ils estiment le coût total pour la Californie (où le prix de la main d'œuvre, du bois, du fer, etc., est plus de deux fois aussi élevé qu'en Canada) à $10,000 par mille y compris le chemin, les ponts, dépôts, les chars, et les locomotives. En Suède on a construit des chemins de ce genre mais un peu plus larges, à raison de $3,259 par mille.

« Les ingénieurs californiens recommandent une largeur de 30 pouces.

« Nous apprenons aujourd'hui qu'une compagnie de New Britain, dans le Connecticut, état qui, comme l'on sait, est sillonné de chemins de fer dans toutes les directions, a décidé de suivre le système de voie étroite (30 pouces) pour un chemin qui doit communiquer de cette ville à une autre dont le nom nous échappe. Ce qu'il y a de plus significatif dans le fait que nous citons, c'est qu'il existe déjà un chemin de fer entre les deux endroits, mais les actionnaires de la nouvelle compagnie ont calculé que le coût de la construction, de l'entretien et du fonctionnement du système qu'ils adoptent, seront tellement moindres qu'ils pourront, à côté de l'ancienne route et en concurrence avec elle, faire de beaux bénéfices. »

———

Chemin de Hokendaqka.

Le *Van Nastrand's Ingeneering Magazine* nous donne sur ce chemin, qui dessert les forges Thomas, à Hokendauka, en Pensylvanie, les renseignements qui suivent :

"Ce chemin a une largeur de trente pouces. Les locomotives ont été construites par MM. Baird & Cie,, aux usines Baldwin, à Philadelphie. Ses cylindres ont 9 pouces de diamètre et 12 de course ; les roues motrices 30 pouces de diamètre, avec des bandages en acier de 2 pouces d'épaisseur. Le chemin a des rampes de 4 pieds dans 109 ou de 211 pieds au mille. Les chars ont quatre roues et pèsent chargés 3 tonnes 5 quintaux bruts ; les roues n'ont que 16 pouces de diamètre. Ces locomotives pèsent, approvisionnées de bois et d'eau, 8 tonnes 4 quintaux bruts. Une de ces locomotives traîne, en montant cette rampe de 211 pieds au mille, 8 chars, d'un poids total de 26 tonnes, et cela avec une pression dans la chaudière de seulement 120 à 125 livres au pouce carré."

Il y a aux Etats-Unis plusieurs autres chemins de fer à voie étroite dont les principaux sont :

Les chemin de *Painesville & Youngstown*, Ohio ; *North & South*, Georgia ; *Ripley*, Mississipi ; *Utah & Northern*, Utah ; *Wasatch & Jordan Valley*, Utah ; *American Fork*, Utah ; *Summit County*, Utah ; *Kansas Central*, Kansas ; *Central Valley*, New-York ; *Walla Walla*, Wash. Territory ; *Tuskegee*, Alabama ; *East Broad Top*, Pensylvanie.

Chemin de Denver et de Rio Grande.

Cette ligne relie Denver, dans le Colorado, à El Paso (Rio Grande) dans le Texas distance de 850 milles. Le chemin était fini jusqu'à Pueblo, 120 milles, en mars 1872. La première locomotive pour une ligne à voie étroite construite aux Etats-Unis—par MM. Baird & Cie., de Philadelphie—a été mise sur ce chemin le 13 juillet 1861. Les recettes de l'exploitation, jusqu'au 31 décembre 1871 se sont élevées à environ $215,000.

Ce chemin n'a que trois pieds de largeur, avec des lisses de trente livres à la verge, et coûte $16,000 le mille.

Chemin de Central Valley.

Il a douze milles de longueur et fait communiquer Smithville avec Bainbridge, dans l'Etat de New-York. Il n'a que trois pieds de largeur.

Chemin de "North and South."

Cette ligne va de Columbus à Rome, dans la Géorgie, distance de 130 milles. Il a trois pieds de largeur, avec des lisses de trente livres à la verge. Soixante milles, environ, sont déjà construits et coûtent de $12,000 à $15,000 le mille.

Chemin à voie étroite dans l'Amérique Central et du Sud.

Il y a plusieurs de ces lignes dans l'Amérique Méridionale, où les montagnes et le peu d'activité du commerce exigent des chemins qui se construisent facilement et à peu de frais. Les principales de ces voies ferrées sont les suivantes :

Le chemin de *Ferro Carril de Costa Rica*, Amérique Centrale.

Le chemin de *Rio de Janeiro*, Brésil.

Le chemin de *Ygenio Armonia de Mora Yona*, dans l'île de Cuba.

Il y a aussi la ligne de Gallao, dans le Pérou, qui traverse les grandes montagnes qui rendent certains endroits de ce pays inaccessibles même aux voitures ordinaires.

Chemins à voie étroite en Australie.

Raymond, dans un rapport au gouvernement américains dit de ces chemins :

"Les chemins de fer de Queensland, Australie, ont une longueur de 232 milles et une largeur de voie de 3 pieds 6 pouces.

Gages : main-d'œuvre habile, $2.50 à $3.17 ; ordinaire, $1.50 à $1.75. Moyenne du coût par mille : $32,000."

Chemin à voie étroité aux Indes.

Le chemin de fer de Congeveram, à Arcoumee, aux Indes Anglaises, a une longueur de 19 milles et une largeur de voie de 3 pieds six pouces, avec des lisses en fer de 35½ livres à la verge. Il coûte $19,000 le mille.

Chemin à voie étroite au Canada.

Nous avons aussi en Canada des chemins de fer à voie étroite qui réussissent très bien sous tous rapports. La Province d'Ontario possède deux de ces chemins : Ceux de Toronto et Nipissing, et de Toronto, Grey et Bruce. Ces chemins n'ont que trois pieds six pouces de largeur et font un excellent service. Ils ont été construits pour relier des localités plus ou moins nouvelles et dépourvues de voie de communication avec Toronto. Leur trafic est déjà considérable. Durant les six mois expirés le 30 juin 1872, il a été transporté sur la ligne de Toronto, Grey et Bruce 27,059 voyageurs et 17,337¼ tonneaux de marchandises, produits agricoles ou forestiers : la recette des voyageurs a été de $22,668 et celle du fret de $36,784, en tout $59,452. Durant l'année expirée à la même date, il a été transporté sur la ligne de Toronto et Nipissing 58,930 voyageurs et 48,892½ tonnes de fret. La recette des voyageurs a été de $43,077,40, celle du fret de $63,046.73, faisant, avec diverses autres recettes, un montant de recettes de $110,733.25.

M. Edmond Wragg, l'ingénieur de ces deux chemins, donne les chiffres suivants dans un rapport officiel, sur le chemin de Toronto, Grey & Bruce :

	Par mille.
Terrassement, clotures traverses ponts, viaducs.........	$ 4,795
Lisses, crampons, etc.,..........	4,415
Pose de la voie et ballast.....	1,653
Stations...............................	595
Acquisition de terrains........	600
Télégraphe........................	40
Frais des ingénieurs.............	570
Commissions, bureaux, honoraires des directeurs.......	377
Frais de loi.....................	96
Divers............................	49
	$13,190
Matériel roulant.................	2,560
Coût Total....................	**$15,750**

Et pour le chemin de Toronto et Nipissing :

	Par mille.
Terrassement, clotures, traverses, ponts, viaducs......	$4,725
Lisses, crampons, etc.............	4,345
Pose de la voie et ballast.......	1,460
Stations.............................	470
Acquisition de terrains.......	690
Télégraphe.......................	46
Commissions, bureaux, honoraires des directeurs...........	321
Frais de loi......................	30
Divers...........................	20
	$12,547
Matériel roulant.................	3,175
Coût total....................	**$15,722**

Avantages de la voie étroite.

Il n'est pas nécessaire d'être ingénieur civil pour voir de suite qu'un chemin de fer à voie étroite doit être infiniment moins dispendieux, dans sa construction et son exploitation, qu'un chemin à voie large. Les terrassements sont moins considérables, le matériel fixe et roulant est plus léger et moins coûteux, tout, en un mot, contribue à réduire les frais d'établissement et d'entretien. La réduction de ces frais varie suivant les circonstances, mais elle est toujours dans une proportion considérable, ainsi que l'attestent tous les ingénieurs dont nous allons citer le témoignage. Commençons d'abord par M. Dagail, qui dit dans son excellent ouvrage des *chemins à voie étroite* :

« Tout le secret de l'énorme économie de la voie étroite sur la voie large avec le matériel ordinaire vient de ce que la voie étroite permet de diminuer considérablement le poids du rail et le rayon des courbes.

« On comprend en effet parfaitement que la diminution de la largeur de la voie permet d'abaisser, pour ainsi dire indéfiniment, le poids de la machine : on peut descendre à des machines de six tonnes, et par suite à des rails infiniment plus légers que ceux qui sont obligés de porter des locomotives de 30 à 50 tonnes ; on peut employer parfois des rails de 10 kilogrammes.

« De l'abaissement du poids du rail découle une diminution considérable de tous les accessoires de la voie ; le matériel roulant, beaucoup plus léger, est aussi moins coûteux.

« D'un autre côté, il est admis qu'un chemin à voie et à matériel ordinaires ne peut avoir des courbes d'un rayon de moins de 250 à 300 mètres, tandis qu'avec la voie étroite on peut descendre, avec la même sécurité, à des rayons de 100 et même de 75 mètres.

« Or il est évident qu'avec des courbes de 75 à 100 mètres de rayon on peut éviter (et souvent sans allongement de parcours sensible) les accidents de terrain et les propriétés précieuses bien plus facilement qu'avec des courbes d'un rayon bien plus grand ; on a donc avec la voie étroite des tranchées moins profondes et des remblais moins élevés qu'avec la voie large. Par suite, la ligne du terrain occupé, qui croit rapidement avec la hauteur ou la profondeur des terrassements, est bien moins large ; les déblais et les remblais sont bien moins considérables ; les ouvrages d'art sont aussi moins nombreux et moins importants. Les indemnités de terrains sont moins fortes. Toutes ces causes, comme le dit fort judicieusement M. Level, réduisent le chiffre des dépenses dans des proportions inattendues. »

Pour établir les propositions qui précèdent, M. Dagail donne ensuite un tableau comparatif qu'il explique ainsi :

« Nous avons comparé trois systèmes : un chemin à voie étroite, un chemin à voie large et matériel léger spécial, enfin la voie ordinaire avec matériel ordinaire. Pour mieux montrer la différence du prix des différents éléments du chemin, nous groupons nos trois évaluations dans les tableaux suivants :

Prix d'un kilomètre de chemin de Fer.

Plateforme balastée.	A voie large et matériel des grandes lignes.	A voie large et machines spéciales	A voie étroite
	FRS.	FRS.	FRS.
Terrains.	8000	6650	4600
Terrassements.........	9500	8000	4000
Travaux d'art..........	5500	5000	3800
Balast..................	3700	3000	1800
Voies et matériel fixe	33000	23000	13600
Bâtiments..............	2000	2000	2000
Divers.................	2200	1800	1200
Matériel roulant......	7200	5950	5200
Frais accessoires.			
Personnel et frais.....	3300	2900	2200
Intérêt pendant la construction....	1300	1000	700
Imprévus...............	1300	1000	700
Totaux.............	77000	60300	39000

« Le premier avantage des voies réduites est une grande économie dans les frais de premier établissement, et aussi dans les frais d'exploitation. Si on les compare aux voies larges à matériel ordinaire, l'économie est presque de moitié ; où les secondes coûtent 80,000 fr., on peut établir les premières pour 40 à 45,000 fr. On peut ainsi établir presque deux kilomètres pour un, et cela est très important.

« Un autre avantage est de pouvoir faire une exploitation excessivement économique.

«Sur une petite voie, on peut facilement supprimer le serre-frein, parce que le frein de la machine, ou la marche à contre-vapeur peut facilement suffire pour arrêter très facilement et très vite un petit train qui ne pèsera souvent que 12 à 13 tonnes, tandisque les machines des grandes lignes pèsent 30 tonnes au moins. Le même agent peut parfaitement être à la fois chauffeur et mécanicien, ce qui est plus difficile sur une grosse machine, la recette peut bien se faire en route par le chef de train (mode déjà usité sur quelques lignes locales). Il ne faut plus ainsi que deux personnes pour tout le convoi : le chef de train et le chauffeur mécanicien.

« On pourrait ainsi arriver à une économie telle, que le prix du kilomètre de train ne coûterait souvent que la *moitié* et même le *tiers* de ce qu'il coûte actuellement sur les lignes à larges voies.»

M. Sponer, l'ingénieur du chemin de Festionog, établit ainsi la différence entre les frais de terrassements d'une ligne de trente pouces et d'un chemin de quatre pieds huit pouces de largeur :

Terrassements.	30 pouces.	4 pds. 8½ p.	Excavation avec 30 pcs
Excavations dans le roc.........	138.4	203.4	
Excavations dans le sol..........	255 0	320.0	35.80
Excav. de côte..	23.7	52.7	
Remblais..........	255.0	320.0	
" en tran-			
....	18.0	27.8	39.79
côté..	9.3	26.3	
......9280.0		15,960.0	

D... ces chiffres, il appert que les terr... ...nents d'une ligne de trente pouces de largeur, comparativement à ceux d'une ligne de quatre pieds huit pouces et demi, qu'on appelle généralement chemin à voie étroite, sont de 37.79 pour cent moins considérables, et partant moins dispendieux. Quant aux frais de superstructure, cette différence est encore plus considérable et excède 50 pour cent, au moins. Ainsi, au lieu des lisses de 60,65 et même 70 livres à la verge linéaire qu'on est obligé d'employer sur un chemin de 4 pieds 8½ pouces, on peut avantageusement employer des rails de 30 livres sur une ligne de 30 pouces de largeur. La même différence existe relativement au coût du matériel roulant.

Pour ce qui regarde l'économie dans les frais d'exploitation, voici ce qu'en dit M. Spooner, dans un mémoire lu devant le *Inventors Institute*, à Londres :

«En m'appuyant sur l'expérience que j'ai du Chemin de Festionog avec la locomotive la *Little Wander*, je crois que la capacité d'un chemin de 2 pieds 9 pouces, servi par les locomotives Fairlie, sera presqu'égale à celle d'une ligne de 4 pieds 8½ pouces servie par les locomotives ordinaires, et de beaucoup supérieure quant à la proportion du poids payant au poids inutile, parcequ'on peut (sur la ligne de trente pouces) transporter une tonne avec la moitié ou les deux tiers moins de poids inutile. Et je suis convaincu qu'il est possible de construire d'après le système Fairlie, pour une ligne de trente pouces, des locomotives dont la force de traction excédera celle des locomotives à six roues des lignes de 4 pieds 8½ pouces.

«Avec la voie étroite, on pourrait en général employer des lisses et des traverses plus légères, moins de ballast, et faire des travaux moins dispendieux ; on pourrait suivre des courbes à rayon beaucoup plus réduit ; de très fortes rampes, surtout dans les régions montagneuses, pourraient être facilement évitées, et des locomotives avec des voitures beaucoup plus légères pourraient être construites pour faire tout le transport qui ne requiert pas une grande vitesse et là où le trafic n'est pas considérable.

«Pour faire le même service, la locomotive Fairlie, comparativement aux autres locomotives, consume 25 pour cent moins de combustible.

«Un chemin de fer à voie simple en Angleterre, construit sur ce système dans une région ordinaire, ne coûterait qu'au plus de la moitié d'une ligne de 4 pieds 8½ pouces.»

M. Spooner, se basant sur des chiffres officiels, établit en outre la comparaison entre les recettes brutes par mille et la proportion dans laquelle sont les frais d'exploitation à ces recettes brutes sur les lignes suivantes :

Chemins	Recettes brutes	Percentage des frais d'exploitation.
London and North Western............	5.77	47.84 par cent.
Great Western......	5.495	84.616 do
North London.......	5,42	52.7 do
Metropolitan.....	5.19	54.0 do
East Indian...........	8.1	49.4 do
Great Indian Peninsula................	9.8	63.2 do
Bombay & Baroda..	11.6	70.7 do
Festionog.............	10.39	44.5 do

Ce tableau montre donc que c'est l'exploitation du chemin à voie étroite de Festionog qui a le plus rapporté et le moins coûté : la proportion des recettes est du double de celles du chemin qui a le plus fort trafic dans tout le monde, le *London & North Western*, et la proportion des dépenses de trois pour cent moindre. Ce fait parle de lui-même !

Dans un autre tableau, M. Spooner fait connaître le secret de cette énigme en comparant la capacité de transport d'une ligne de 4 pieds 8½ pouces avec celle d'une ligne de trente pouces. Voici cette comparaison :

	30 pouces	4 pds. 8½ pcs.
	Ton. Q. Q.	Ton. Q. Q.
Poids mort de la locomotive et du fourgon, avec approvisionnements et tare des voitures.........	64-1-3	102-7-0
Poids des voyageurs et de leur bagage......	63-13-0	52-4-0
Nombre total des voyageurs dans le convoi..	640-	538

Train à marchandises.

	Ton. Q. Q.	Ton. Q. Q.
Poids mort de la locomotive et des voitures	45-11-2	88 16-0
Poids des marchandises ou minéraux dans le train....................	136-2-0	131-4-0
Proportion du poids payant au poids non-payant du train à voyageurs, y compris la locomotive..............	0.703	0.953
Proportion du poids payant au poids non-payant du train à marchandises, y compris le poids de la locomotive..............	1.900	0.906

C'est en s'appuyant sur cette comparaison, basée sur les chiffres et l'expérience, que M. Spooner affirme qu'avec la même force motrice, on peut faire avec une ligne de trente pouces un service deux fois plus considérable que sur un chemin de 4 pieds 8½ pouces.

Le même ingénieur estime le coût de la voie permanente, ou superstructure d'un chemin de trente pouces, à £1,384 le mille courant et à £2,153, celui d'une ligne de 4 pieds 8½ pouces.

Toutes les données de M. Spooner sont entièrement confirmées par une autorité de la plus haute importance, celle d'un comité nommé pour s'enquérir des avantages de la voie étroite et composé des ingénieurs et directeurs des chemins de fer américains dont les noms suivent:

W. H. Greenwood, gérant du chemin de fer (à voie étroite) de Denver & Rio Grande.

E. Wragge, ingénieur en chef des chemins de fer (à voie étroite) de Toronto, Gray & Bruce et de Toronto et Nipissing.

T. H. Millington, ingénieur en chef du chemin de fer de Missouri et Kansas.

A. W. Bell, de la maison Poster, Bell & Cie., constructeurs de locomotives, Pittsburg, Pensylvanie.

D. E. Small, de la maison Billmeyer & Small, constructeurs de chars, York, Pensylvanie.

Wm. S. Auchinclass, vice-président de la compagnie Jackson & Sharp, constructeurs de chars, Wilmington, Delaware.

Lucien Scott, vice-président de la compagnie du chemin de fer de Kansas Central.

Chas. H. Howland, de la compagnie du chemin de fer de Cairo et St. Louis.

W. M. Casson, ingénieur en chef du chemin de fer St. Louis et Western.

P. B. Borst, président de la compagnie du chemin de fer de Wash, Cincinnati et St. Louis.

E. Hulbert, président de la compagnie du N. G. et N. C. R., Géorgie.

Comme on le voit, la position des membres de ce comité les rend on ne peut plus aptes à juger de la valeur et des avantages d'un système de voie ferrée. Eh bien ! voici ce qu'ils disent dans un rapport soumis à une convention en faveur des chemins de fer à voie étroite qui s'est réunie à St. Louis, l'automne dernier :

«Dans les contrées montagueuses et accidentées où se fait le transport des minéraux pesants, tels que l'or, l'argent, le cuivre et d'autres minéraux à l'état naturel et où il n'est pas nécessaire de faire marcher les trains à grande vitesse, les frais de construction d'un chemin large de 3 pieds n'excèderont pas le *cinquième* de ce qu'ont coûté des chemins tels que ceux de l'Erié, de la Pensylvanie Centrale et de Baltimore et l'Ohio. Dans une région accidentée, ondulante, telle que celles dans lesquelles la plupart de nos chemins de fer sont construits, l'économie sera à peu près dans la proportion de 1 est à 2 : c'est-à-dire que la voie étroite coûtera environ la moitié de ce qu'ont coûté nos voies larges actuelles. Dans une prairie légèrement ondulée, ou dans un pays de plaines, les frais de construction d'un chemin de fer à voyageurs à voie

étroite, avec le matériel nécessaire pour un fort trafic de marchandises et de voyageurs n'excèderont pas les trois cinquièmes de ce que coûterait un chemin à voie large avec ce qu'on appelle aujourd'hui un matériel et un lit de première classe.»

Le comité donne ensuite un tableau comparatif du poids d'un train de voyageurs sur une ligne de trois pieds et un chemin de 4 pieds $8\frac{1}{2}$ pouces, montrant que pour chaque voyageur transporté le poids mort est de 333 livres sur la voie de trois pieds et de 678 sur l'autre, faisant une réduction de 345 livres en faveur de la voie étroite, et il continue :

«Dans ce cas, le char de la voie étroite, pesant 12,000 lbs., transporte plein 36 voyageurs avec un poids mort de 12,000 divisé par 36=333 lbs. par voyageur, tandisque le char de la voie large, pouvant transporter 56 voyageurs, pèse en moyenne 19 tonnes, faisant un poids mort de 38,000 divisé par 56=678 lbs., différence de 345 lbs. par tête en faveur de la voie étroite. Pour mieux illustrer cette comparaison, nous supposons que nous avons 38 voyageurs, deux de plus que le petit char peut contenir, ce qui rend nécessaire l'emploi d'un second char. Dans ce cas, nous aurons deux chars à voie étroite pesant 24,000 lbs., ou 24,000 divisés par 38=634 lbs. par voyageur ; tandis qu'avec la voie large nous avons 38,000 divisés par 38=1,000 lbs. de poids mort pour chaque voyageur, ou une différence de 366 par tête en faveur de la voie étroite.

« Mais prenons encore un autre exemple. Nous supposerons que nous avons deux chars à voie étroite, contenant 72 voyageurs, ou 16 de plus que ne peut contenir un char à voie large, ce qui nécessite l'emploi d'un second char. Les chiffres seront comme suit : deux chars à voie étroite, 72 voyageurs, 24,000 divisés par 72=333 lbs. par voyageur, tandis qu'avec la voie large ce sera, deux chars, 76,000 divisés par 72=1055 lbs. par voyageur, une différence de 722 lbs. par voyageur, ou un total de 52,000 lbs, ou une économie d'audelà de 26 tonnes en faveur de la voie étroite pour deux chars seulement. Le poids mort par voyageur sur les chemins de fer de New-York en 1870, a été de 2,748 lbs., non compris le bagage, avec une moyenne de 13 voyageurs par char. Sur cette base, on établit le tableau suivant du poids mort et du poids payant :

Voie	Nombre de voyageurs par char.	Poids du char en livres.	Total du poids payant, en livres.	Poids mort par voyageur en livres.
Large	13	38,000	1,950	2,923
Etroite	13	12,000	1,950	923

« Différence, 26,000 lbs., ou 13 tonnes, en faveur de la voie étroite, ou de 2000 lbs. pour chaque voyageur. Naturellement, le public paie cet excès de poids mort inutile, ce qui s'élève à beaucoup de millions de piastres par année.

« Nous allons maintenant comparer les deux voies relativement au tranport économique du fret, lorsque les chars sont chargés de ce qu'ils peuvent porter.

« Le poids moyen de nos chars à voie large actuels est de 20,000 lbs., avec une capacité de 20,000 lbs. Le poids moyen des chars à voie large du sud peut être fixé à 18,500 lbs., avec un capacité de 16,000 lbs. :

Voie	Poids des chars en livres.	Capacité des chars en livres.
Large	18,500	20,000
Etroite	8,000	16,000
Différence	10,500	4,000

Les rapporteurs donnent ensuite un tableau comparatif du poids mort sur ces lignes, qui montre que s'il est nécessaire de prendre des chars avec 9 tonnes de fret aux stations intermédiaires, ce qui excède d'une tonne la tare d'un char à voie étroite, et ce qui au plus grand désavantage rend nécessaire l'emploi de deux chars, le poids mort est même alors seulement de 1,777 lbs. par tonne, et encore de 298 lbs. moindre que sur les chemins à voie large.

« Il peut être à propos d'examiner la question de la diminution de l'usage, à raison de l'emploi de machines et de matériel légers. Si nous supposons que les réparations aux machines et au matériel roulant sont en proportion directe de leur coût, la diminution sur la voie étroite serait d'environ 50 pour cent, ce qui est le chiffre de la différence dans les frais de premier établissement.

« Le char à voie large le plus léger pèse 16 tonnes ou 32,000 lbs., vide, et martelle les jointures des lisses avec un poids de 4000 lbs. sur chaque roue. Lorsqu'il est chargé et lancé sur les lisses à une vitesse de 25 à 30 milles à l'heure, la force du coup est énorme et détruit terriblement la superstructure, écrasant les meilleures lisses en cinq ou six ans. Le char à voyageur de la voie de trois pieds ne martellerait la lisse qu'avec un poids de 1,500 lbs. par roue. La même vérité s'applique aux locomotives.

« Une locomotive de 30 tonnes, et son fourgon chargé, pesant environ 17 tonnes, exerce une pression de presque six tonnes sur chaque roue motrice. Lorsqu'elle sera lancée à une grande vitesse, l'effort sur le *truck* sera terriblement destructeur. La locomotive Fairlie, construite pour les lignes à voie étroite, porte toute sa charge y compris le bois et l'eau, sur les roues motrices, utilisant ainsi tout son poids pour remorquer le train. Au lieu d'une locomotive transportant de 47 à 50 tonnes pour en remorquer 20, nous avons une locomotive pesant 20 tonnes et pas plus, et cette charge est distribuée sur huit roues, avec une pression de $2\frac{1}{4}$ tonnes, au lieu de près de six tonnes, comme sur les chemins à voie large. L'action sur le matériel roulant est la même que sur la voie permanente. La roue reçoit un coup précisément de la même force que celui qu'elle donne au joint de la lisse, et le choc est transmis à l'essieu, excepté ce qu'en exempte les ressorts et l'ébranlement de toute la charpente de la locomotive ou du char.

« La voie étroite peut être exploitée pour environ 25 pour cent moins que la voie large, et où la proportion des dépenses aux recettes brutes est de 70 pour cent, la proportion des dépenses aux recettes brutes de la voie étroite serait de $52\frac{1}{2}$ pour cent, et avec une stricte économie probablement aussi faible que 45. La dépense du pouvoir moteur est environ dans la proportion de 35 à 54 pour le fret et de 11 à 30 pour le transport des voyageurs. »

Le rapport s'occupe ensuite du transport des bestiaux et parlant de la manière dont il se fait sur la ligne de Denver et Rio Grande, il dit :

« On transporte neuf des plus gros bestiaux dans un char pesant moins de 8,000 lbs., tandisque sur les lignes à voie large on n'en transporte que 14 de la même taille dans un char pesant de 18,-000 à 20,000 lbs. Les chars à bestiaux ont des *trucks* à quatre roues et 24 pieds de longueur. Sur la voie large on met 14 des mêmes bestiaux dans un char de 28 pieds de longueur, ce qui donne aux chars de la ligne de Denver & Rio Grande et aux autres chemins à voie étroite le même espace que dans les chars des lignes à voie large, avec beaucoup moins de poids mort. »

Tableau comparatif du poids mort dans le transport des bestiaux sur les deux lignes.

Voie.	Poids du char en lbs	Nombre de bestiaux par char.	Poids des bestiaux en lbs.	Poids brut du char chargé.	Poids total par bête.
Large	18,000	14	19,600	37,600	1285
Etroite	8,000	9	12,600	20,600	888

Diminution du poids mort en faveur de la voie étroite — 397

« Différence de 397 lbs. par bête, 3,573 livres par char chargé de 9 bestiaux, et pour un train de vingt chars 71,460 lbs., ou 35 tonnes en faveur de la voie étroite.

« Nous trouvons que la voie étroite a de beaucoup l'avantage sous tous les rapports et que

« *Les chars fermés à huit roues de la voie étroite,* pesant 4 tonnes et portant 8 tonnes, ou un poids total de 12 tonnes, pèsent chargés seulement deux tonnes de plus que le char fermé de la voie large le plus léger, vide ;

« *Les chars à bestiaux à huit roues de la voie étroite,*—pesant 4 tonnes et portant 9 bestiaux (les plus gros), ou 12,600 lbs., pèsent chargés seulement 600 lbs. plus que les chars à bestiaux les plus légers de la voie large, vides ;

« *Les chars plate-forme à huit roues de la voie étroite,*—pesant 3 tonnes et portant 8 tonnes, ou un poids total de 11 tonnes, pèsent chargés seulement deux tonnes plus que les chars plateforme les plus lourds de la voie large, vides ;

« *La voiture à voyageurs à huit roues de la voie étroite,*—pesant 6 tonnes et portant 36 voyageurs, ou en chiffres ronds un poids total de 9 tonnes, pèsent 6 tonnes moins que ne pèsent en moyenne les voitures de la voie large, vides. »

Passant ensuite à la réduction du coût du transport, les auteurs du rapport disent :

« La moyenne de coût du transport du fret sur la voie large peut être fixée à 1½ par cent la tonne par mille et à une cent sur la voie étroite. Une tonne transportée 200 milles, à 1½ cent la tonne par mille, coûtera $3.00 et à 1 cent $2.00, faisant une économie de $1.00 ou de 33⅓ par cent en faveur de la voie étroite. »

Les rapporteurs citent ensuite l'exemple des chemins de fer norvégiens, s'exprimant ainsi :

« En Norwège, des chemins de fer de 4 pieds 8½ pouces et de 3 pieds 6 pouces de largeur ont été construits par les mêmes ingénieurs et exploités par le même gérant pour le gouvernement, et les statistiques qui suivent sont extraites des rapports du gouvernement, faisant connaître la moyenne de six années d'expérience :

	Voie de 4 pds 8½ pouces.	Voie de 3 pds 6 pouces.	Différence en faveur de la voie étroite.
Frais de construction par mille	26,343	17,143	9,200
Recettes par mille	27,600	27,600	égale
Frais d'entretien par mille	7,173	6,565	608
Dépenses des locomotives par mille	9,426	5,760	3,666

Enfin les auteurs de cet excellent rapport, dont nous conseillons la lecture à tous ceux qui s'occupent de chemins de fer, le terminent par les conclusions suivantes :

« Nous concluons donc que le chemin de fer à voie étroite est de beaucoup le meilleur moyen d'opérer le *prompt* et *général* développement de nos ressources, pour les raisons suivantes :

« (1) Coûtant environ la *moitié* moins que le chemin à voie large, il est à la portée des moyens de toutes les localités de le construire, et partant il leur permettra d'avoir les facilités de communication par chemin de fer, dont autrement elles auraient été obligées de se passer.

« (2) A raison de leurs frais de construction, d'exploitation et d'intérêts peu élevés, ils seront des objets de placements rémunérateurs.

« (3) Ils suppléeront au grand besoin de l'époque : le transport à bon marché.

« (4) Rendant le transport moins dispendieux, ils développeront plus rapidement des ressources demeurant inexploitées que ne pourraient le faire nos présentes constructions dispendieuses, avec leurs tarifs élevés.

« (5) L'adoption de ces chemins étroits par des localités n'ayant pas de communication par voie ferrée augmentera la valeur des propriétés pour beaucoup plus que leurs frais de construction.

« (6) Pénétrant dans ces localités et en développant rapidement les ressources au moyen des tarifs abaissés, ils amèneront un nouveau trafic aux chemins à voie large, leur permettant de réduire leurs tarifs, stimulant par là de vieux et développant de nouveaux intérêts. »

Ces observations n'ont pas besoin de commentaires ; elles sont faciles à comprendre et viennent d'une autorité dont personne ne pourrait contester la valeur. Elles confirment ce que le *Times*, de Londres, disait en 1869 en parlant du rapport entre le poids mort sur les chemins à voie large et à voie étroite. Ce journal disait à propos du chemin de Festionog :

« Les meilleurs wagons de nos lignes de 4 pieds 8½ pouces sont censés poser sept quintaux et transporter 12½ quintaux de fer ou de charbon par chaque pied de leur longeur, le poids mort étant dans la proportion de 56 à 100 au maximum du poids payant, ou 36 pour cent du poids total. D'un autre côté, on calcule que les wagons pour un chemin de trois pieds de largeur pèsent 2½ quintaux et transportent 8 quintaux par chaque pied de leur longueur, le poids mort étant dans ce cas bien peu audessus de la proportion 31 est à 100 du *maximum* de poids payant, ou moins de 24 pour cent du poids entier. »

C'est donc une différence d'un tiers en faveur de la voie étroite.

M. Fairlie, dans un essai lu devant l'Association Britannique pour l'avancement des sciences, établit la comparaison suivante entre la capacité et l'économie de transport du chemin de fer *Southern and North Western*, le chemin le plus payant et le mieux administré en Angleterre, et une ligne de trois pieds de largeur :

« Cette ligne, si elle avait une largeur de trois pieds, servirait tout son trafic de marchandises aussi bien qu'elle le fait actuellement, et cela avec la moitié moins de frais, avec la moitié moins de force motrice, avec la moitié d'usage des lisses. Sur une ligne de 4 pieds 8½ pouces de largeur, la proportion du poids mort au poids payant est de l'aveu de tous comme quatre est à un, bien que l'expérience ait démontré que c'est beaucoup plus. Le poids moyen des wagons employés est de quatre tonnes ; ils transportent une tonne. Les wagons pour une ligne à voie de trois pieds pèsent chacun une tonne et transportent un poids maximum de trois tonnes. Si le même nombre de trains était expédié chaque jour, le poids de chaque train serait réduit de 225 à 102 tonneaux en faveur de la voie étroite : ou, si on employait des trains formant un égal poids brut, le nombre de trains pour chaque jour serait réduit de 616 à 250. Il est donc de fait que, relativement à la capacité de transport, la voie étroite est supérieure à la voie large. »

Si les avantages de la voie étroite sur la voie large n'étaient pas surabondamment établis, nous pourrions encore citer l'opinion d'une cinquantaine d'ingénieurs français, allemands, russes, américains et anglais. Nous nous contenterons cependant de faire quelques extraits pour montrer qu'il est possible et avantageux de construire des chemins à voie étroite en des régions que ne pourraient pas traverser des lignes à voie large. Commençons par M. Level, qui dit dans son ouvrage des *Chemins de fer d'Intérêt local.*

« Un chemin de fer à petite voie est doué d'une grande souplesse. Rien n'est plus aisé que de le diriger, soit le long des routes, soit en contournant ou en épousant, pour ainsi dire, les moindr accidents du sol, en évitant les reliefs trop prononcés du terrain qui nécessitent des terrassements et des ouvrages d'art coûteux.

« Des locomotives légères, tournant sans danger dans de très petites courbes, fournissent sur une voie de ce genre un excellent service. »

D'ailleurs, il n'est pas besoin de longue argumentation pour prouver qu'un chemin à voie étroite peut être établi là où il serait d'impossible d'établir une ligne à voie large : les faits sont là pour établir cette proposition. En effet, des chemins à voie réduite, comme celui de Colorado et Golden, permettent de remorquer des trains sur des rampes de 211 pieds au mille, dans les montagnes, ce qu'il est absolument impossible de faire avec la voie large, qui ne serait pas praticable dans ces localités.

Pourquoi adopter la voie étroite ?

En réponse à cette question, nous citerons ce que disent M. Level et M. Dagail, ingénieurs français, qui ont fait une étude profonde de cette matière :

« Il est donc urgent, dit M. Dagail, de changer de système, en un mot, de construire selon le trafic e pas toujours de la même manière.

« Il faut que la voie ferrée, la machine de transport, soit proportionnée au trafic et non pas faite souvent pour une recette tout à fait imaginaire : cela est évident. De même que les trafics varient communément, il faut (et cela est possible) que les prix des chemins varient dans les mêmes proportions : c'est le moyen d'avoir toujours des lignes productives et d'arriver plus facilement aux transports à bon marché ; car il est bien évident que, toutes choses égales, moins le chemin de fer aura coûté aux actionnaires, plus les tarifs pourront être bas.

« Qu'on nous permette une comparaison tout à fait vulgaire : si on voyait un homme transporter un coli de quelques centaines de kilogrammes avec un attelage de cinq chevaux, on se moquerait certainement de lui. Eh bien ! les promoteurs et les constructeurs de chemin de fer font aujourd'hui, dans beaucoup de cas, une chose absolument analogue. »

M. Level développe la même idée sous une autre forme. « Vouloir, dit-il, établir dans toute les directions des lignes modelées sur celle du grand réseau, serait un véritable non-sens. Autant vaudrait donner au paysan une route impériale et une calèche à la Daumont, en place d'un chemin rural et d'une charette, pour conduire ses produits au marché ; un palais au lieu d'une grange, pour emmagasiner ses récoltes.

« Dans toute machine, l'outil varie de formes et de dimensions suivant le travail particulier dont il est chargé. Il en est de même pour l'instrument spécial d'échange qu'on appelle chemin de fer. Cet instrument ne saurait, sans danger, être grevé de charges superflues se résolvant, en définitive, en une perte de puissance, en une absorption de capital au préjudice de la consommation. »

Toutes ces considérations nous amènent à la conclusion nécessaire que le système à voie étroite doit être adopté de préférence pour desservir des centres peu populeux et ne pouvant pas fournir un gros trafic. Or la vallée du lac St. Jean se trouvant dans ces conditions, nous croyons que le chemin qui devra la relier avec Québec devrait avoir *une largeur de trente pouces seulement*, comme celui de Rio Grande et Denver. Cela posé, nous allons voir ce que coûterait la construction d'un pareil chemin et sur quel trafic les actionnaires qui l'entreprendront pourraient compter.

COUT D'ETABLISSEMENT D'UN CHEMIN DE FER DE QUÉBEC AU LAC ST. JEAN.

Nous avons vu que les ingénieurs américains, comme les ingénieurs français et anglais, estiment qu'un chemin de trois pieds de largeur est la moitié moins dispendieux à établir qu'une ligne de 4 pieds 8½ pouces. Nous pourrions bien baser là dessus un calcul relatif ; mais puisque nous tenons à attirer l'attention des capitalistes sur cette entreprise comme leur offrant une belle spéculation, nous préférons entrer dans quelques détails, afin de leur permettre de se former une assez juste idée de cette entreprise. Pour cela, nous traiterons séparément chaque partie de l'établissement et de l'équipement de ce chemin projeté.

Terrassements.

La longueur de la ligne entre Québec et le lac St. Jean est de 165½ milles ; à ce chiffre, il faut ajouter deux milles de voie latérale ou de garage, ce qui donne une longueur totale de 167½. Mais sur cette longueur, il y a un mille courant de ponts et quinze milles de passages en charpente, pour traverser des lacs peu profonds, des savannes ou d'autres endroits difficiles. Il faut donc retrancher ces dix-sept milles de la longueur des terrassements, qui se trouve ainsi réduite à 151½ milles, ou 254,520 verges linéaires. Donnant à ces terrassements une hauteur moyenne de trois pieds, avec des talus de 1½ dans 1, nous avons une section transversale de trois verges en superficie, et multipliant le chiffre de cette section par celui de la longueur des terrassements, soit 254,520×3=663,560 verges de terrassements. A 25 cents la verge, ce chiffre donne $165,890.00 pour 151½ milles de terrassements.

Ponts.

M. Sullivan prétend qu'il faudra construire 4,880 pieds linéaires de ponts. Nous croyons que ces ponts pourront être construits, en moyenne, pour $8.00 le pied linéaire. Les frais de construction seront alors 4,880×$8.00=$39,040.

Ce chiffre nous paraît d'autant plus élevé que le bois pour ces ponts se trouvera presque partout sur les lieux et ne coûtera que la valeur du temps requis pour le préparer.

Passages en charpente.

Nous désignons sous ce nom, incorrect peut-être, les espèces de ponts qui devront être construits pour éviter des endroits difficiles. M. Sullivan estime à quinze milles, chiffre qui sera assurément de beaucoup réduit par un bon ingénieur, la longueur de ces passages. Comme ces constructions ne seront pas élevées ni faites sur un terrain difficile d'accès, elles ne coûteront pas plus que

$6.00 le pied linéaire. Or quinze milles donnent 75,600 pieds linéaires, de sorte qu'on a pour ces ouvrages 75,600 × $6.00 = $453,600.

Ce chiffre est énorme, et nous sommes convaincu qu'un ingénieur bien entendu dans .a construction des chemins de fer trouverait facilement moyen de le diminuer de moitié.

———

Déblayage du terrain.

Le déblayage, pour enlever les souches à l'endroit des terrassements et abattre les arbres à une quarantaine de pieds chaque côté, coûtera tout au plus $100 par mille courant. Retranchant de la longueur de la ligne principale la longueur des ponts, des passages en charpente, c'est-à-dire seize milles et vingt-un milles dans les terres défrichées, on trouve qu'il faudra faire le déblayage sur une distance de 128½ milles. Multipliant donc 128½ par $100, on a pour les frais de déblayage $12,850.

———

Acquisitions de terrain.

Comme sur une distance de 130 milles le terrain pour l'emplacement du chemin ne coûtera rien, nous sommes certain de ne pas faire erreur en moins en mettant pour les acquisitions de terrain $5.00 pour chaque mille de toute la longueur de la ligne, ce qui fait $827.50.

———

Clotures.

Les dépenses pour ces ouvrages ne seront guère considérables, vu que sur tout le parcours du chemin, il y a tout au plus une distance de trente milles sur laquelle il faudra clôturer. Eh bien ! trente milles de longueur donnent soixante milles de double clôture qui, à $10.00 l'arpent, forment une somme de $16,800, chiffre qui est évidemment plutôt trop élevé que trop bas.

Superstructure.

MM. Baird et Cie., de Philadelphie, estiment comme suit les frais de superstructure d'un mille de chemin de fer de trente pouces de largeur, aux Etats-Unis :

40 tonnes de lisses à $75.00 la tonne..		$3,000.00
330 éclisses	" 50	165.00
3,520 livres de crampons	6	211.20
3,520 traverses	à 25	887.00
1,000 verges cubes ballast	50 cts ...	500.05
Pose de la superstructure le mille.......		250.00
Total par mille............		$5,006.20

Plusieurs de ces chiffres seront assurément de beaucoup réduits sur la ligne de Québec au lac St. Jean, mais comme nous tenons à donner la plus haute estimation pour n'induire personne en erreur, nous les prenons tels quels et multipliant $5,006.20 par 167½ milles, nous obtenons $838,538.50 pour les frais de superstructure ou d'établissement de la voie permanente.

———

Matériel roulant.

Pour le trafic du chemin projeté, trafic que nous ferons connaître plus loin, nous croyons qu'il suffira du matériel roulant dont suit l'énumération :

5 locomotives	à $9,000=	$45,000
6 chars à voyageurs de première classe	" 1,000=	6,000
8 chars à voyageurs de seconde classe	" 600=	4,800
30 chars fermés	" 400=	12,000
50 chars plate-forme	300=	15,000
Total........		$82,800

Ce matériel serait plus que suffisant pour faire dès maintenant un trafic très rémunérateur et permettrait de faire circuler chaque jour deux trains faisant le complet parcours dans les deux directions.

———

Stations, Usines et Bureaux.

Les frais qui seront encourus pour construire les gares, les usines et les buruaux d'administration peuvent être ainsi énumérés :

Terrains à Québec et au lac St. Jean	$10,000
Bureau d'administration	2,500
Ateliers de réparations	10,000
Remises à chars et locomotives.	5,000
5 Stations à $400	2,000
6 Remises à combustibles à $200	1,200
6 Réservoirs d'eau à $200	1,000
Hangards à Québec et au lac St. Jean	2,000
Total	**$ 33,700**

Traitement et dépenses des ingénieurs.

Le tracé et le profil brut du chemin étant déjà faits, il ne resterait guère à faire pour les ingénieurs et nous sommes d'avis que $30,000 couvriraient amplement leurs traitements et leurs dépenses. Il ne resterait donc que les dépenses imprévues, que nous estimons au chiffre assez élevé de $10,000.

Résumé des frais d'établissement.

En résumant toutes les dépenses qui viennent d'être énumérées, nous avons l'état suivant :

Terrassements	$165,890.00
Ponts	39,040.00
Passages en charpente	453,600.00
Déblayage	12,850.00
Clôtures	16,800.00
Acquisitions de terrain	827.50
Superstructure	838,538.00
Matériel roulant	82,800.00
Gares, usines et bureaux	33,700.00
Frais de génie civil	30,000.00
Imprévus	10,000.00
Total	**$1,684,045.50**

Les 167½ milles de chemin coûteraient donc, bien établis et bien équipés, la somme de $1,684,045.50, faisant une moyenne à peu près de $10,100 par chaque mille de la voie principale et des voies de garage. Si nous ne sommes pas capables de trouver une somme aussi modique, pour tirer de la gêne et de la misère les braves et laborieux colons du lac St. Jean, il faut que l'énergie et les capitaux soient bien rares dans la Province de Québec, et surtout dans notre vieille capitale.

REMARQUES SUR LE TRACÉ.

Avant d'entrer dans d'autres détails, nous tenons à faire observer qu'il est un autre tracé offrant, s'il faut en croire les colons du lac St. Jean, beaucoup moins de difficultés sous tous rapports. Ce tracé ne serait ni plus ni moins que celui du chemin de colonisation du lac St. Jean.

On dit qu'il présente beaucoup moins d'obstacles que le tracé indiqué et exploré par M. Casgrain et M. Sullivan. Entre autres avantages, il nécessiterait beaucoup moins de ponts et d'ouvrages en charpente et, passant presque tout le temps sur l'arête d'une colline, aurait moins à souffrir de l'accumulation de la neige.

Ce tracé est au nord-est de celui de M. Casgrain. Il en existe un autre, préférable à tous, au sud-ouest. En partant de Roquemont, ce tracé suit la direction ouest jusqu'aux environs du confluent de la rivière Meguik avec la Grande Rivière Batiscan, d'où il suit en remontant, le cours de cette dernière rivière, les bords du lac Edouard et d'autres cours d'eau pour atteindre en droite ligne le lac St. Jean entre St. Jérôme et St. Louis.

Ce tracé a l'immense avantage de traverser un pays beaucoup moins montagneux et beaucoup plus fertile que la région traversée par la ligne de M. Casgrain. Des gens qui connaissent personnellement les lieux nous assurent aussi que toute la contrée dans laquelle passerait le tracé du Lac Edouard se compose de magnifiques terres, on ne peut plus propres à l'agriculture et à la colonisation, et que toute cette région est couverte de magnifiques forêts de pin, d'épinette, de merisier et d'autres bois propres à l'exportation.

Ce tracé nous paraît donc de beaucoup le plus avantageux sous tous rapports. Il allongerait un peu le chemin, mais cela est compensé par l'égalité du sol, qui n'offre pas à la construction d'un chemin de fer les difficultés qui se rencontrent dans les montagnes et les bas fonds sur le tracé de M. Casgrain. Nous croyons donc que le tracé du lac Edouard devrait être adopté de préférence et exploré immédiatement.

Si le gouvernement veut faire quelque chose pour les colons du lac St. Jean, comme nous sommes convaincu qu'il le veut, nous le prions de faire examiner ces tracés, non par un arpenteur, mais par un bon ingénieur. S'il nous était permis de proposer un nom, nous donnerions, comme représentant assurément l'homme de beaucoup mieux qualifié pour remplir cette importante mission, celui de M. le colonel Farjina. Outre que ce Monsieur est un ingénieur de la plus haute capacité, il a vu fonctionner et même aidé à faire les ouvrages de génie de chemins de fer à voie étroite dans son pays, la Russie. Il a aussi vu, pendant qu'il était employé comme ingénieur sur le chemin de fer du Pacifique américain, les lignes à voie étroite de Colorado City et Golden et de Denver et Rio Grande, chemins qui sont construits, surtout le premier, en des endroits pour le moins aussi difficiles que nos Laurentides. Nous serions donc très heureux, dans l'intérêt de l'entreprise, de le voir chargé de faire un rapport sur la construction et le choix du tracé du chemin projeté et si nécessaire, de Québec au lac St. Jean.

RESSOURCES DE CETTE ENTREPRISE.

Malheureusement la Corporation de Québec, après les sacrifices qu'elle s'est imposés pour assurer le succès du Chemin de fer de la Rive Nord, ne pourrait guère se charger de nouveaux impôts pour aider à la réalisation de cet excellent projet. Nous croyons, cependant, qu'elle souscrirait cent milles piastres D'un autre côté, les municipalités de paroisse ou de comté du lac St. Jean ne pourraient pas souscrire plus qu'une centaine de milliers de piastres, et il serait préférable de ne pas les grever de cette charge. Il ne reste donc d'autre ressource que la subvention en terres du gouvernement local. Car on sait que la législature de Québec a passé un acte accordant une allocation de 10,000 acres de terre pour chaque mille de chemin construit, ce qui ferait 1,675,000 acres de terre. En estimant ces terres seulement a 50 cents l'acre, elles représentent un capital de $837,500. Or ce chiffre est excessivement bas, puisque le bois seul vaut plus que cela. Car on comprend facilement qu'en moyenne il y a bien la moitié d'un arbre valant une piastre sur chaque acre de terre, surtout aux taux si élevés que le bois a pris depuis trois ans.

La compagnie qui entreprendrait de construire ce chemin pourrait donc compter sur $837,500 au moins de capital certain, puisque les terres augmentent tous les jours de valeur. Il resterait donc encore à trouver $846,545.50 dont l'intérêt devra étré payé par les recettes du

---

TRAFIC.

Pour donner une juste idée de ce trafic, nous l'examinerons en détail, commençant par le

---

Transport des Voyageurs.

Le recensement de 1871 fixe à 22,980 la population des comtés de Chicoutimi et Sagnenay. Cette population, excepté un petit nombre durant l'été, n'aurait pas d'autre moyen de communiquer avec Québec que le chemin projeté. On peut donc dire sans crainte de faire erreur qu'au moins 8,000 personnes feraient chacune une fois par année le trajet entre Québec et le lac St. Jean. De Québec, au moins deux milles personnes, hommes d'affaires, touristes, amateurs de la chasse et de la pêche, qui sont si abondantes dans ces régions, feraient aussi ce trajet. On peut donc compter sur une recette de 10,000 voyageurs parcourant le chemin dans toute sa longueur. De ces 10,000 voyageurs, 5,000 feraient le trajet en première et 5,000 en seconde classe. Estimant à 1½ cent du mille le passage en première et à 1 cent en seconde classe, le prix du passage aller et retour serait de $4.96½ en première et $3.31 en seconde classe. Or 5,000 voyageurs à $4.96½ en première classe, donnent $24,825.00, et 5000 voyageurs en seconde classe à $3.31 donnent aussi $16,550 faisant pour les 10,000 voyageurs faisant le parcours complet, aller et retour, $41,380. Entre Québec et les dernières stations du côté sud des Laurentides, distance d'environ 21 milles, il circulerait au moins 5,000 voyageurs, en seconde classe, chaque année. Chaque voyageur payant 42 cents aller et retour, la recette serait de $2,100 et porterait à $43,480 la recette totale des voyageurs.

Transport de Fret.

Il se brule annuellement à Québec au delà de 72,000 cordes de bois de chauffage. Il y a sur le parcours du chemin projeté beaucoup de bois propre au chauffage ; il n'est donc pas exagéré de dire qu'il en serait transporté sur cette ligne, sur un parcours d'environ 150 milles, au moins 30,000 cordes par année. En moyenne, le bois de chauffage pèse environ 2,400 livres la corde, en sorte que 30,000 donneraient 36,000 tonnes. Or, estimant le transport à une cent la tonne par mille, 36,000 tonnes sur un parcours de 150 milles donneraient $54,000.

Quant au bois de construction, scié ou en gourme, il s'en transporterait au moins 2,500,000 pieds cubes par année, puisqu'il y a beaucoup de beau bois sur les rivières qui se déchargent dans le lac St. Jean. 2,500,000 pieds cubes de bois font environ 20,000 tonnes. A une cent de la tonne par mille sur 165½ milles, ce transport donnerait $33,100.

Il y a aussi de la pruche aux environs du lac St. Jean, et il n'est pas irraisonnable de supposer qu'il serait amené à Québec pour le moins cent cordes d'écorce de pruche chaque année. Cette quantité représente un poids de 120 tonnes et une recette de $198.60.

Viennent ensuite les produits de la ferme et de l'industrie domestique. Le recensement agricole de 1871 n'étant pas terminé, il nous faut recourir à celui de 1861 pour constater la somme de trafic que fournira cette ressource. Or voici, d'après ce recensement, la production agricole du comté de Chicoutimi en 1861, époque depuis laquelle la population s'est accrue d'audelà de 38 pour cent et probablement la production aussi :

Produits.	Minots.	Livres.
Blé	19,912	1,194,720
Orge	39,922	1,916,256
Seigle	42,471	2,293,434
Pois	23,707	1,422,420
Avoine	39,316	1,415,376
Sarrazin	451	24,354
Maïs	32	1,728
Pommes de terre	101,382	6,083,920
Navets	991	59,460
Carottes	254	14,240
Betteraves	260	15,600
	268,698	14,430,508

Ces 14,430,508 livres de grains et légumes forment 7,215.10 tonnes. A cela, il faut ajouter les produits de l'industrie domestique :

Produits.	Livres.	Tonnes.
Beurre	61,771	30.88
Bœuf	111,400	55.7
Lard	276,000 ...	138.00
Laine	13,391	7.69
Lin et chanvre	5,073	2.53
	467,635	233.80

Pour avoir une juste idée de la quantité de ces produits, il faudrait ajouter le sucre d'érable, les œufs, les ognons et les autres produits potagers dont le recensement agricole de 1861 ne parle pas, et qui formeront cependant un bon montant de trafic.

Quant aux bestiaux, il y en avait 18,746 dans le comté de Chicoutimi en 1861. En estimant à une moyenne de 600 livres le poids de chaque animal, on trouve pour le poids total 11,247,600, ou 5,620.80 tonnes. Résumant tous ces chiffres, nous trouvons :

Grains et légumes ......7,215.10 tonnes.
Produits domestiques.. 234.80   "
Bestiaux ....57,230.08   "

Total......64,679.98 tonnes.

Il est plus que raisonnable de supposer que le tiers au moins de ces 64.679,89 tonnes sera transporté à Québec par le chemin projeté : cela donnerait donc 21,557.77 tonnes de transport. A ¼ cent la tonne par mille, la recette serait $32,336.65.

Pour donner une idée du bas prix du transport qui formera ce montant, qu'il nous suffise de dire que le transport d'un minot de blé du Lac St. Jean à Québec sera de CINQ CENTS et celui d'une corde de bois de chauffage de MOINS DE DEUX PIASTRES. Assurément, on ne saurait faire transporter à meilleur marché !

Quant au trafic des marchandises expédiées de Québec au Lac St. Jean, il n'excèdera guère cent tonnes et rapportera environ $165.50. A cela, on peut ajouter le transport des malles, $16,550, à $100 le mille.

En résumant ces divers chefs de recettes, on trouve la liste qui suit :

Transport des voyageurs......$43,480.00
  "   bois de chauffage...... 54,000.00
  "   "   construction.. 33,100.00
  "   grains et bestiaux..... 32,336.65
  " marchandises de Québec   165.50
  "   malles............ .... 16,550.00

Récettes totales du trafic..$179,632.15

A ce chiffre, on peut fort bien ajouter, comme représentant le transport de l'augmentation des produits agricoles, $10,-367.85, ce qui porterait les recettes à $190,000.00

La compagnie qui entreprendrait de construire un chemin de fer entre Québec et le Lac S. Jean pourrait donc compter sans crainte, puisque nos estimations sont aux chiffres les plus bas, sur un trafic de $190,000.00. Il semble que cette recette a bien son beau côté et son attrait pour les capitalistes.

Frais d'exploitation.

Sans entrer en des détails inutiles, nous pouvons affirmer que les frais d'exploitation de cette ligne n'excéderont pas 40 pour cent des recettes brutes, soit $76,-000.00. Il resterait donc une balance de $114,000.00 pour couvrir l'intérêt du capital absorbé par les frais d'établissement de la ligne. L'intérêt de ce capital, $1,684,045 à 6 pour cent, forme une somme de $101.042.70. Il y aurait donc un excédant de recettes de $12,957.30.

Ce chiffre représente l'excédant des recettes propres du chemin sur les frais d'administration et l'intérêt du capital employé à la construction. Mais pour voir quelle serait la position de la compagnie qui se chargerait de mener cette entreprise à bonne fin, il faut y ajouter la recette de la vente des terres.

Comme nous l'avons vu plus haut, le gouvernement local a généreusement accordé une subvention de 10,000 âcres de terre par mille de chemin, à partir du terminus de la ligne de Québec et Gosford, et nous sommes convaincu qu'il étendrait cette allocation à toute la ligne, ce qui donnerait 1,655,000 acres de terre.

En estimant à cinquant cents de l'acre seulement la valeur de ces terres, l'allocation du gouvernement équivaut à $827,500. Retranchant de cette somme 15 0⁄0 d'escompte sur les obligations garanties par ces terres, ou $124,125, il reste une somme ronde de $703,375. A 6 pour cent, cette somme représente un intérêt annuel de $42,302.50, et ajoutant ce chiffre à l'excédant des recettes de l'exploitation, on arrive à un profit, pour chaque année, de $55,259.80.

Le capital de la compagnie, $1,684,045, rapporterait donc, déduction faite des frais d'exploitation, un revenu annuel de $169,259.80, ou un intérêt de plus de dix pour cent. Si ce n'est pas là une entreprise qui s'impose à la plus sérieuse considération des capitalistes et des amis de la colonisation, nous n'en connaissons pas.

Aussi nous croyons que notre gouvernement local, dans l'intérêt du public et de la colonisation dans la vallée du lac St. Jean, devrait construire lui-même ce chemin, si les capitalistes hésitent à se charger de cette entreprise. Il n'aurait qu'à y gagner. Ses sources de revenus sont plus ou moins limitées ; or cette entreprise, qui finirait bientôt par se payer elle-même, par ses propres profits, lui donnerait plus tard une jolie recette. C'est en construisant des chemins de fer et des canaux, ce qui a considérablement aidé la colonisation, que la plupart des législatures locales des Etats-Unis se sont mises en position de supporter les lourdes charges dont les a grevées la guerre civile américaine. Pourquoi ne suivrions-nous pas leur exemple ? Pourquoi tout en avançant la colonisation et en tirant de la gêne et de la misère les courageux et nobles colons du lac St. Jean, ne nous assurerions-nous pas des recettes pour contrebalancer la diminution du revenu de nos forêts et de nos terres publiques ? Après tout, les ressources à la disposition d'un gouvernement ne lui appartiennent que pour travailler au bien du peuple, et notre gouvernement local ne saurait mieux faire, certainement, que d'employer son crédit et son énergie pour établir cette ligne de Québec et du lac St. Jean, qui ferait tant pour la colonisation.

CONCLUSION.

Nous croyons donc avoir démontré qu'il serait possible de construire, pour relier la vallée du Lac St. Jean à notre vieille capitale, une ligne à voie étroite qui suffirait abondamment au trafic entre ces deux localités et aurait l'immense avantage de rapporter de beaux dividendes : nous serions heureux de soumettre à la discussion des hommes compétents les calculs sur lesquels nous basons ce *fait*. Si, comme nous n'en doutons pas, nos amis des comtés de Chicoutimi et Saguenay s'intéressent à cette entreprise, qu'ils prennent l'initiative, qu'ils fassent des assemblées, qu'ils disent dans quelle mesure ils pourraient contribuer au succès de ce projet. De notre côté, nous nous efforcerons de disposer nos capitalistes et les amis de la colonisation, et ces efforts réunis assureront le succès de cette grande œuvre. Nous ne doutons pas que la confection de ce chemin ne doublât en peu d'années la population du beau et riche pays qui entoure le Lac St. Jean. Il est dans ces régions d'immenses étendues de terres fertiles qui n'attendent que l'arrivée du colon pour rémunérer généreusement ses nobles et patriotiques labeurs. Qu'on renouvelle les généreux efforts des fondateurs de la belle colonie du Saguenay, des Hébert, des O'Reilly et des Boucher, et nous verrons bientôt construire ce chemin si nécessaire et tant désiré : la ligne de Québec au St. Jean !

All aboard for Lake St. John.